夜月听钟

◎

马德伦

中国金融出版社

责任编辑：赵天朗
责任校对：刘　明
责任印制：毛春明

图书在版编目（CIP）数据

夜月听钟（Yeyue Tingzhong）/马德伦著. —北京：
中国金融出版社，2012.4
ISBN 978 – 7 – 5049 – 6288 – 1

Ⅰ.①夜…　Ⅱ.①马…　Ⅲ.①中国文学：当代文
学—作品综合集　Ⅳ.①I217.2

中国版本图书馆 CIP 数据核字（2012）第 037822 号

出版
发行　**中国金融出版社**
社址　北京市丰台区益泽路 2 号
市场开发部　（010）63266347，63805472，63439533（传真）
网 上 书 店　http://www.chinafph.com
　　　　　　（010）63286832，63365686（传真）
读者服务部　（010）66070833，62568380
邮编　100071
经销　新华书店
印刷　天津市银博印刷技术发展有限公司
尺寸　140 毫米 × 210 毫米
印张　14
插页　2
字数　235 千
版次　2012 年 4 月第 1 版
印次　2012 年 8 月第 4 次印刷
定价　38.00 元
ISBN 978 – 7 – 5049 – 6288 – 1/F.5848
如出现印装错误本社负责调换　联系电话(010)63263947

作者手稿

自　序

窗外，细雨霏霏；世界，万籁俱寂。

我伫立窗前，目光透过雨丝凝视。泥泞的大地上，一行脚印由小到大，由远而近，时而模糊时而清晰。有幼儿的咿呀学步，少儿的奔跑蹦跳，青年的匆匆忙忙，中年的沉稳踏实，老年的步履蹒跚。

那是一个人一生的印迹。

我的思绪穿过层层雨云，在时空中穿梭，串起了远古和如今，联结了历史和现实，闪现着宏大和片断，翻腾着崛起和沉浮。但就是无法编织成经纬。

被风雨浸润的思绪有些沉重。

我被寂静包围着。喧闹的街市，熙攘的人群，纷扰的车流，和光怪陆离，和五光十色一起悄悄地隐退了。静谧中，还可以听到自己的心跳，还可以听到大地隐隐的轰鸣。

寂寞的心感受着思想者的孤独。

然后，就有了这些文字，和蕴藏其中的情感和思考，焦虑和不安，喜悦和激动，美丽和感伤。

目　录

灵与肉的拷问

1

人性的底蕴

工作着是美丽的

那个年代

灵与肉的拷问

夜月聰鐘

置身于光怪陆离的世界，五彩的霓虹，琳琅的商品，喧闹的街市，撩人的薰风，声色犬马，功名利禄，无一不在诱惑我们。

　　金钱、权力、物质；理想、追求、憧憬；磨难，安逸，伤病，我们看到的，想到的，遇到的，都是拷问的工具。麻木不仁的灵魂屈服于拷问，结果只能是堕落。

话别 *

话别，在我卸任之际，在秋末冬初的季节，在黄叶飘零的日子，在凝重而又有些感伤的空气里。

你们已经知道，到 10 月 31 日，所有有关我免职的法律程序和文件都已完成。薄薄的几页纸，让笼罩在我头顶上的职位的光环四下散去，让我的职业生涯戛然而止。

我的职业生涯始于 1968 年 12 月 6 日，止于 2011 年 10 月 31 日，持续了 43 年。

43 年的职业生涯是这样过来的：

从 1968 年 12 月 6 日至 1971 年 7 月 30 日，在吉林

---

* 2011 年 10 月 31 日，中国人民银行发文，转发国务院关于我免职的决定。11 月 5 日，我用这种方式和大家话别。

省舒兰县新安公社新安大队石河村三队插队，作为一名知识青年，在茫然无望和艰苦劳作中度过了2年又8个月，那时，我曾无数次地"西北望长安，可怜无数山"。

从1971年8月2日到吉林炭素厂报到，到1978年11月11日离开工厂去大学读书，7年3个月又10天，在高温、粉尘、沥青的侵害下坚持着。

从1978年11月12日到1982年8月18日，四年大学在快乐、轻松和惬意的环境下，在理想和憧憬中，时光过得好快。

从1982年9月2日，我到中国人民银行吉林市中心支行，开始了我在人民银行的生涯。这29年，占据了我职业生涯的2/3还多一点。起初的两年半，我在吉林市中心支行，会计发行、金融研究都做过。1985年3月26日，奉调进京，在总行，从办公厅—条法司—政研室—办公厅—会计司—外汇局，到2005年3月又从外汇局调回总行。

1984年7月23日，我被任命为吉林市人民银行会计科副科长，自那以后，在晋升路上的每一个台阶我都停留过，经历过。

在43年的职业生涯中：

一、无论人生怎样困惑迷茫，我的梦始终在。童年、少年的我，憧憬着大学、工程师、科学家。文化大革命的风暴摧毁了实现梦想的路，但梦的火种依然燃烧在心底。

二、无论劳作怎样沉重，我始终准备着。阅读，观察，思考，记录，无论是在边远的山村，还是在喧腾的工厂，无论是在人生的低谷，还是春风得意时。

三、无论岗位怎样变化，我始终秉持职业的操守。每个工作项目都做好，每一天工作都做好，当日事，当日毕，领导在与不在，领导看得见与看不见，与我无关，我只是忠于职守。

四、无论现实怎样被认可，我都努力去探索。大学毕业半年后发表的第一篇文章，冲击了人们把办理工商信贷业务的人民银行看做是国家机关的观念；在外汇局工作几个月后，我的"经常可兑换，资本不可换，两者一串换，一样可兑换"、"香港可兑换，内地不可换，两地一流窜，一样可兑换"的说法，揭示了外汇行政管制的无效性；我的"从强制结汇向意愿结汇转变，从事前审批向事后监督转变，从管理千家万户企业和个人向管理办理外汇业务的金融机构转变"，提出了提高管理效率的路径；我的货币发行"总量满足，结构合理，票面整洁，持有者放心"，概括了中央银行货币发行工作的目标。

五、无论工作项目或大或小，我都以严谨的态度对待。我经手起草、核对的文稿，不会有丝毫的错误；

我组织的大型会议或活动，要做到万无一失。我会在事前，把一万想周全；对参与制定的政策措施，我亦会事前想清楚，提要求。

六、无论在任何场所，我始终坚守国家的利益。在领导主持的会议上，在与外宾会谈时，在国际会议的场合，在和系统内员工的交谈中，我解读了"国家、公民、职业化"三个词汇。

七、无论工作有多忙碌，我始终洋溢着激情。我用激情感染自己，感染同事，感染空气，让工作快乐、轻松，在笑声中化解不快，欢快中增加凝聚。

八、无论官位怎样升迁，我真诚地尊重每一个人。飞机上的邻座、轻轨里的乘客、楼道里的清洁工、插队时的乡亲、工厂的工友、小学中学的同学，我主动地攀谈、联系、交流，他们的一切，我想知道。

九、无论人生有多么鲜亮，我始终捡拾和保存着生活中的点滴。朋友情谊我珍藏——每年的贺卡我收集着；访客的交流我珍惜——每张递过来的名片背后，我会写上时间、地点，甚至访客的特点；我人生中重要日子的日历，会夹在笔记本中；收入变化后的工资条，会贴在一起；报上的好文章，会剪下来反复阅读。

十、无论社会风气如何演变，我始终追求人格魅力。用我的真诚，用我的幽默，用我的平等，用我的讲演和歌声，用个性和魅力把权力魅化为权威。权力是完全寄生于制度的，而权威则属于个人。

我的这些，也许源自于从小到大的家教，也许源自于我的经历，也许源自于那么多书籍的启迪，也许源自于我天生的人性的底蕴上的三个字：真、善、美。

工作给了我太多的乐趣，当我看到自己的文稿成为领导人的讲话，当我看到自己的建议被采纳，当我组织的大型活动万无一失，当我和外宾侃侃而谈，当我在工作中总结提炼的经验成为必然，当我的一句玩笑让大家反复提起，当我受到大家真心的赞扬时，我的内心充满了快乐。

我享受这样的快意人生。

亲爱的同事们：

在人民银行的职业生涯中，我很幸运地结识了你们，和你们一起度过了那许许多多令人难忘的时光。我们一起，参与和推动着金融改革；我们一起，完善和创造着人民银行的历史；我们一起，指导和扩展着中国金融走向世界；我们一起，发展和壮大着国家的经济实力。

多少个旭日东升的早晨，我们相遇在办公楼前；多少个夕阳西下的黄昏，我们在班车里高谈阔论；多少个月朗星稀的夜晚，我们在办公室里伏案疾书；多少个风雪载途的冬日，我们奔波在出差的旅途。

我感谢你们。

感谢周小川行长和党委各同志。在一个和谐和坚强的领导集体中，工作着是愉快的。

我感谢你们，各位亲爱的同事。感谢你们接纳了我，感谢你们肯定了我，感谢你们赞扬了我。你们给了我鼓舞，给了我力量，给了我机会，给了我舞台。

我感谢你们。你们用自己的奋斗，成就了我的成功；你们用自己的智慧，支持我一路前行；你们用青春的气息，点燃我的激情；你们用自己的心血，圆我的梦。

因为你们，我的人生才精彩；因为你们，我的事业才进步；因为你们，我的征程才快乐；因为你们，我的心底才感动。

我把我的真挚给了你们，把我的真情留在了这里，把我的真诚交给大家，用我的真心联结了你我。

现在，这一切都结束了，都在我的不情愿下，我相信，也在你们的不情愿下结束了。

我怀念你们，怀念我和你们度过的每个日子，怀念我们一起开创奋斗的时光，怀念你们中每一位记得姓名和不记得姓名的同事，怀念复兴门东北角办公楼，也怀念上海浦东陆家嘴，怀念这两座大楼里我呆过的每个办公室。我的梦中，会有你们，会有金融街，会有会议室，会有办公桌。

今后，那天边飘移的云，那耳旁清爽的风，那窗前滴答的雨，那晴空高悬的月，都是我的思念，我的祝福，我的问候，我的回忆。

此刻，对于我来说，是人生最为艰难的时刻。以往，我曾无数次地面对艰难，但那时，我还有梦，还有憧憬，还有力量，还有选择。而这一次呢？

我不迷恋权力。权力于我，只是一种责任。一个人性的人是不会对权力顶礼膜拜的。我的痛苦在于，我失去了一个展示的舞台，失去了和你们一起创造的机会，失去了从工作中可以分享的乐趣。我还要面对从台前灯火转为幕后凉月的冷清。而这一切，又意味着老的到来。

失去了这些的我，该怎样度过那漫长的时光？是在孤独寂寞中让时光流逝？是在回忆和感伤中独守夕阳？抑或是在"烈士暮年、壮心不已"中仰天长叹？我不知道。

我知道，要调整自己的心态，要想好今后的日子。

今天，我也想对你们说，请记住"人生苦短"。不要等到以后的某一天，当你们也老时，你们才会理解这四个字，才会理解我现在的心境。

也请你们记住，在你们人生的一段旅途中，曾经有这样一位同事，和你们同行。今后他会依然关注你们，他的目光会随着你们的脚步移动，他的笑容会因为你们的成功而绽放。

把我的祝福留给你们，也留给你们的至爱亲朋，祝你们天天快乐，一生平安。

小虎队在告别演出时唱的"放心去飞"，代表了这一刻的你和我。所以我把这首歌唱给了组织委员培训班上的学员，那是大家的代表。也把这首歌唱给大家吧！

> 终于还是走到这一天，
> 要奔向各自的世界。
> 没人能取代记忆中的你，
> 和那段青春岁月。
> 一路我们曾携手并肩，
> 用汗和泪写下永远，
> 拿欢乐和荣耀换一句誓言，
> 夜夜在梦里相约。
> 放心去飞，勇敢地去追，
> 追一切我们未完成的梦；
> 放心去飞，勇敢的挥别，
> 说好了这一次不掉眼泪。

和往事挥手

和往事挥手，不说再见。

是历经沧桑，不堪回首？是风雨兼程的赶路，心已疲惫也很冷？是往事里有太多苦涩，不愿咀嚼和回味？抑或是生活的创伤刚刚结痂，不忍去揭？

哦，不是，都不是。沧海桑田的变迁，我们已然洞穿，就如面对四季更替，年轮常新。人生旅途的漂泊，我们也已曾经，曲折、坎坷和路边的景色，已一齐退隐到身后。往事滤去了痛楚和辛酸，留下的是美好和回到从前的诱惑。失败、失落或者失意，都是必不可少的人生一课。谁的一生，一帆风顺地走过？

只是不想让回忆溶蚀掉意志刚强的品格，不想让往事慰藉和温暖孤寂的心，不想让时间消磨在往昔的岁月上，不想让思想缱绻在从前的甜蜜中，不想让心绪寂寞在夕阳的余辉里，不想让心灵定格在苍茫旷远的历史画卷内，不想让大脑蛰伏于古意翩然的风景下，不想让经验捆住手脚。发展越快，离过去就越远，经验也就越陈旧。不想让教训加重负荷，人生路上，每个人都是自己前程的开拓者，也是历史的铺路石。不想捡拾岁月的叶子，让剩下的行程变得凝生。要知道，任由思绪无端地飘向过去的遥远，那便是老。

日月如梭，江河流逝，人生的旅程其实很短。分点闲暇给以后吧！多几分轻松和从容，少几许忧郁和伤感。把思想交给明天吧！明天是一道五彩亮丽的光环，激活我们创造幸福的灵感。走出回忆的囚禁吧！让心情像绽开的花朵一样灿烂，充溢生命勃发的波澜。敞开心扉接受阳光吧！前进的行囊里只装希望和梦想，跋涉的步履也就不再沉重和艰难。让目光穿越昨天今天射向未来吧！激情将驱散迷惘，尽情地眺望朝阳洒下的金辉一片。

和往事挥手，一种物我两忘的坚定，一种宠辱不惊的情操，一种无怨无悔的大度，一种成熟历练的坦然。

和往事再见，到我们卸下行装、不再远行的时候。

关于我的名字[*]

——我时常庄严地签写姓名，
每一次都是把自己放上天平

一、马

多么想，
像一匹真马一样飞奔，
不在任何地方拴住缰绳。

是一匹不羁的烈马，
在千里疆场纵横驰骋；

---

[*] 1980 年吉林财贸学院征文，就以这首诗投稿。

是一匹驯服的役马，
在辽阔沃野默默耕种。

也曾拉着一挂大车，
在乡间公路催蹄攒行；
也曾驮着一包背囊，
在茫茫荒原跋涉不停。

马蹄踏碎了挡路的顽石，
犁铧画出了丰收的美景，
车轮印满了大路小路，
铃声摇醒了深山的酣梦。

背上也有一道道鞭痕，
——那是道路坎坷的印证；
最深的一鞭抽在心上，
——那是时代赋予的使命。

马儿呵，即使到了那一天，
它老了，也不在枥下偷生，
又在风沙迷蒙中，把归途认领。

二、德

对于我，

"德"字绝不是金字招牌，
去把别人唬骗，把自己遮盖。

"德"字看起来就很庄重，
生就一副严肃的面孔。
以沉思的目光望着世界，
以袒露的心胸面对人生。

观察生活塑造的种种类型，
思考自己的道路怎样选定，
"德"是一条看不见的准绳，
时刻规范着我的言行。

人世间是如此酒绿灯红，
大路上是这般行人匆匆，
"德"是一台千万倍的显微镜，
照我自己，看有哪些菌类寄生。

一些人常把"德"来玩弄，
对此，我却不敢苟同，
"德"是一条无情的规则，
触犯了它，必然会得到报应。

"德"是我生命的魂灵，
有它作我生活的向导，
我的人生才充满了光明。

三、伦

事实上，
我并不理解父母的用意，
起名字时，为什么用"伦"。

也许是传统观念的束缚，
对"三纲五常"不逾越半分；
也许是为了深深的祝福，
愿我长命百岁，尽享天伦。

我常常一个人深深思忖，
父母的用意姑且不论，
纵然是一条羁绊束缚着我，
可离了伦理，又怎样做人？

动乱的年月，你遭了厄运，
疯狂的铁蹄，将你蹂躏，
乾坤倒转了，天地一片混沌，
是非泯灭了，黑白难以区分。

历史留下了深刻的教训，
夜阑人静，我扪心自问：
伦理呵，你真的这样可恨，
竟无一丝价值给予人们？

不！我不相信！
封建礼教应该扫除，
伦理，你的生命也该全新。

四、结尾的话

我的名字"马德伦"，
已经成为我的化身，
熟悉的会记起我的容貌，
不认识的也会到处询问。

于是，就引起了一连串的议论，
名字在议论中总是打头阵。
正是接受了这样的检验，
我才能不断地摸索前进。

我不想让我的名字闪金耀银，
更不想让我的名字成为趣闻。
我只是想用行动来严正声明：

我的名字，不能蒙上半点灰尘。

1980 年 6 月 5 日于吉林财贸学院

会计 7813 班教室

清明有感[*]

清明时节，余去南方公干。一路但见往来车辆里，诸多回乡祭祖扫墓者。又见路边行人，或捧鲜花果盒，或携香烛纸马，行色匆匆；山坡林丛间，有青烟缭绕，纸灰缥缈，人影憧憧。其时，天公知时节，识民俗，解人意，亦悲容戚戚，细雨涟涟。

是夜，余不能寐。窗外雨打芭蕉，室内静寂无声。余思绪如潮，忆及上辈人等如我父母者，他们一生艰难，几多坎坷，含辛茹苦，自不待言。他们以清廉、刚正、坚韧之品格影响吾辈，以"富贵不能淫，贫贱不能移，威武不能屈"为训诫，以"忠厚为长，忍让

---

* 2000 年 4 月写于广州。

21

为先，仁义为本"为教诲，以"天降大任于斯人也，必先苦其心志，劳其筋骨，饿其体肤，空乏其身，行拂乱其所为"令吾辈自励。终使吾辈头脑中，积淀深厚传统之美德，以成就事业，以立身安命，以待人处世也。是为子女者，尽孝道，不惟死后，而应生前；不惟祭奠，亦应继承矣。

夫观今日之社会，忠、孝、仁、义、礼、智、信，似不多见。似乎市场经济，价值观念，惟钱是耳；而生财之道，则八仙过海，各显其能。君子爱财，取之有道，当无错。然抛弃人之根本，不择手段，聚敛钱财，则大谬矣。试看今日之年轻父母，送子女学琴学画学外语、赴西洋留学者大有人在；对子女或溺爱，或娇宠，或放纵者，不乏其人；而于志气培养，品德锻炼，操行端正诸方面以教育者，以"忠厚仁义"教子女为立身之本者，寥寥矣。由是之，则今日之人，身虽高而志却短，年虽长而立世晚，技虽有而艺不精，钱虽多而神却虚者，处处可见。更有甚者，娇儿弑父、逆子弃母之事，屡见报端。孰不知，仁、义、礼、智、信乃社会之基石，做人之准则，与市场经济并非相悖，而相辅相成。在此基础上，搞改革开放，则文官不爱财，武官不怕死，百姓人人敬业，官员个个尽责，又何惧哉！以此为人本，则竞争讲仁义，是为学人之长，创新争先，而非假冒和败坏；经商讲信用，而非欺诈和坑骗；为官而忠于职守，而非敷衍和不公；交往而谦谦让让，长幼有序，而非自私和失德，则何愁社会不稳，治安不靖，人心不古，风气不正。

父母之恩，不仅在于生养，犹重教也；不在于给子女万贯家财，惟在于给子女以正道谋生创业之能力也；不仅荫庇子孙，亦应恩泽社会。社会之道，在于倡导和推崇公理，以匡扶正义，打击邪恶，规范行为，创造环境。

庚辰清明，由祭祖扫墓而思之，遂成此文。

龙[*]

如果你不是在中国这块古老广袤的土地上出生，在悠久绵长的中国传统和历史的氛围中长大，你不可能理解龙在中国的象征，在中国人意识中的寓意。即使你是在中国这块古老广袤的土地上出生，在悠久绵长的中国传统和历史的氛围中长大，又有谁能说你已经理解了龙在中国的象征，在中国人意识中的寓意呢？

龙，这种中国古代传说中的有鳞角、有须爪的神异动物，是那样的神秘而又遥远，没有人看见过；是这样的逼真而又贴近，又似乎人人都见过。在中国，龙对于我们，不仅家喻户晓，尽人皆知，而且我们每

---

* 本文写于 2000 年 1 月。

个人的脑海里，都深深印着龙的形象；每个人的心中，都感受到龙的巨大力量。龙，能腾云驾雾，呼风唤雨；能兴风作浪，倒海翻江；能让天下风调雨顺，五谷丰登；也能在天怒人怨时，地动天惊。我们敬它，畏它，求它，盼它，不仅把它奉为神灵，更想借助它的力量，荡污浊，除邪恶，保社稷，维民生。

龙是全体华夏人的共同图腾。帝王自封为真龙天子，穿龙袍，坐龙椅，睡龙床，乘龙舟。未登基时为"龙潜"，驾崩则称"龙驭宾天"。芸芸众生们不敢奢望"龙袍加身"，却也望子成龙，希望自己的子孙少年时能"龙骧虎视"，成人则"龙跃凤鸣"，娶亲则"龙凤呈祥"，失意也要"龙蟠凤逸"，老了虽老态龙钟，还要有龙马精神。国家兴旺，龙腾虎跃，人民欢庆，则舞龙灯。龙，载着我们个人的、民族的希望，生生世世地游来游去。

千禧之年，又逢龙年，这样的机会要3000年等一回。到了公元5000年，那时的中国会是什么样？那时的世界会是什么样？也许，那时的地球只是人类通往太空的一个驿站，人们到这儿来，中转休息，然后再做更远的太空旅行；或者我们的后人携子孙再回来，也只是回到故乡来寻根，凭吊先祖。那时的中国人，如果偶然读到了这篇文章，他们会作何感想？会陷入深深的思考？会化做遥远的追忆？会依然作痴痴的梦想？

　　"遥远的东方有一条龙，它的名字叫中国。古老的中国有一群人，他们全都是龙的传人。"这歌声，一直在我的心底吟唱着。

把根留住[*]

在城里，随处可见步履匆匆的行人；在乡下，到处是日出而作、日落而息的农人；在风驰电掣的火车里，挤满了南来北往的过客；在闪闪烁烁的电子显示屏前，聚集着躁动不安的股民。现代社会，高速度，快节奏，知识更新，信息爆炸，驱赶我们忙碌、奔波；时间、效率、金钱、价值，迫使我们拼搏、竞争。形形色色的人，从四面八方，一齐投身于社会——这个偌大的名利场中。

在人生的路上边走边看，看惯了潮起潮落，云卷云舒。世人熙熙，皆为利来；世人攘攘，皆为利往。

---

[*] 本文写于 2000 年 6 月。

奔致富，奔小康，奔功名利禄，奔名车豪宅。智慧、心血、汗水、精力，都聚焦在奋斗的目标上。我们聪明，而且太过聪明，期盼一夜暴富，一举成名，一步登天，就有敷衍塞责，文过饰非，投机取巧，急功近利，表面文章，甚至无法无天。欲望无休止地膨胀，行为也有点疯狂。

——城市的楼房漂亮了。进口马赛克，玛瑙红大理石，玻璃幕墙，豪华气派，富丽堂皇。看上海外滩一个世纪后依旧巍峨的楼房，看大雁塔、赵州石桥、都江堰，现代建筑质量、现代管理怎样？"彩虹"桥塌了，九江大堤垮了，"大舜"号沉了，烟花厂炸了。这些，都沉甸甸地压在心上。

——柜架上的书籍满了。百科、大全、辞海、辞库，厚厚重重，林林总总。顾问、主编、副主编、编委、编纂、撰稿，名单长长串串，似曾相识。前言、序言、编写说明、编后的话，言之切切，掷地有声。翻开历史，还没有一个编书编出了诺贝尔奖的。

——高校的围墙拆了。代之而起的门市房，把教师和市场、金钱联系起来。教师边教书边下海，学生边读书边经商；寝室门上有手写的广告，课堂上有BP机响。宁静的校园放不下一张平静的书桌的时候，科学的园地定是一片荒凉。

——媒体上的广告神了。身材矮吗？有增高垫，保你三个月长高5公分。体型胖吗？有瘦身鞋、减肥耳环，让你减肥不受苦。血压高有降压仪；祛病延年，有神袋、神灯、神水；保健养身，从枕头、被褥到内衣，皆有功效。还有神医，气功大师，可治艾滋，可消癌肿，遑论疑难杂症。

——摆摊算命的火了。过街天桥上，路旁树荫下，风景旅游点，或一桌一凳，或席地一旧布，一签筒。虽无仙风鹤骨，却有三寸不烂之舌，解八字，断前程，说姻缘，令问卜者诚惶诚恐。阴阳先生上门服务，看风水、选坟地、择吉日。科学进步了，"宿命"提升了。

——寺庙的香火盛了。清凉古刹，佛门净土，不再清静。木鱼声，念经声，聒噪声，导游小姐的讲解声，声声入耳；游客、香客、施主、居士来来往往；焚香礼佛，匍匐跪拜，击鼓敲钟，无比虔诚。玻璃的功德箱里，盛满花花绿绿的票子，捐也不捐？别小看了一身僧衣的法师，也许是个处级、局级。法轮常转，六根未净。

"参天之木，必有其根；环山之水，必有其源。"中华民族生生不息，绵绵不绝，欲自立自强于世界民族之林，根在何处？根在何处？把根留住！

雨中的沉思

九月，初秋，一个细雨霏霏的日子。我们乘车去卢沟桥边的抗日战争纪念馆，缅怀那一段艰苦卓绝的岁月；我们到置于京西山岭中的潭柘寺，参悟纷争尘世之外的人生。窗外，雨丝濛濛；心中，思绪悠悠。

在抗日战争纪念馆，面对那一幅幅照片，一件件实物，我们仿佛看到：穷凶极恶的日本军队蹂躏我大好河山，丧心病狂的日本军人屠杀我无辜的人民，一幕幕惨绝人寰的悲剧，一篇篇血与泪的控诉；我们仿佛听到：硝烟中的喊杀声，那是人民觉醒的怒吼；山岭间的枪声、炮声，那是民族正义的呐喊。在沉思中，循着历史的轨迹上溯，从"七七事变"，到甲午海战、鸦片战争，中国那一段近百年的沧桑史，是民族的屈辱史，也是民族觉醒、奋起、抗争的历史。在沉思中，林则徐、邓世昌、赵登禹、佟麟阁向我们走来，一队队八路军、新四军向我们走来，他们那坚毅的目光仿佛在问："为了不让那段历史重演，你们准备怎样做？"

带着沉思，我们走出抗日战争纪念馆，雨还在淅淅沥沥地下着，络绎不绝的人群正陆续走进纪念馆。他们之中，有老人，有青年，更有天真的少年儿童。他们严肃的面孔，深沉的目光告诉我：他们不会忘记历史，他们更懂得如何在警惕中去创造和书写历史的新篇章。

离开卢沟桥，汽车逶迤西行，进入绵延起伏的山岭间，拐入一处山坳，一座红墙碧瓦的寺院依山而立，这就是京郊闻名遐迩的潭柘寺。我们下了汽车，踏上台藓斑驳的石铺甬道，四野山坡古木参天，寺前石洞清泉低吟，路旁巨石突兀争奇。站在山顶俯瞰，古刹雄姿尽收眼底：一座座殿宇错落有致，虽历千年风雨，依旧气势轩昂；一片片佛阁递次而起，虽没有晴天丽日的映衬，依旧金碧辉煌。濛濛雨中，从古刹传来的悠悠钟声，更让人感到古刹的幽深和静寥。

步过牌楼，踏过怀远桥，穿过山门，我们依次进入天王殿、大雄宝殿、观音殿，但见香气氤氲，香烟袅袅，木鱼声声，虔诚的香客烧香拜佛，僧人们打坐诵经，我们的心情也不觉变得虔敬和肃穆了。

在潭柘寺，我们走着，看着，想着。寺院是一方净土，红墙隔绝了尘世，把人间的纷争喧嚣，把人生的七情六欲，把人性的恶劣冥顽，统统挡在了墙外。那些对世事厌烦、看破红尘的人，或许会在这里找到心灵的安宁。那些烧香拜佛、顶礼膜拜者，祈盼神灵庇佑的心情我们也理解，谁不希望一生平安、事业发达呢？那些芸芸众生们呢？北京站广场上，南来北往的疲惫旅客；大学校园里，发奋苦读的莘莘学子；农贸市场上，高声叫卖的贩夫走卒，他们都以自己的方式和能力，理解和创造自己的一生。来到这个世界上的每一个人都有自己的位置。冥冥之中的神灵保佑只是一种心理的安慰。佛家提倡的"佛祖在心中"、"佛即自我"，我们是否可以理解为，在激烈竞争的社会里，人更要依靠自我，不断充实自己，不断完善自己，不断拼搏，通过拼搏，实现自己的人生理想。同时，也需要社会规则来保护那些脚踏实地者。佛教的一些戒律，如积德积善之类，在今天，难道就不需要了吗？也许，这就是我们在潭柘寺里对人生的一种大彻大悟？

归来时，雨还在下……

窗外

常常在案牍劳累之余，站立在窗前，痴痴地注视窗外。这时，办公室里仿佛一下子安静了下来，整个世界似乎也都归于沉寂。我的心如止水，让奔驰的车流扯着思绪渐去渐远，让悠悠白云牵着思绪在天空里漫游，紧锁的眉头已慢慢地舒展，禁锢的心灵也缓缓地开启。

窗外有什么？那是一成不变的图画：宽阔笔直的马路，来来往往的汽车，络绎不绝的行人，严峻冷酷的高楼大厦，深邃久远的一片蓝天。这一切都掩映在四季交替的底色里，掩映在冬天白白的雪、春天灿烂的花、夏日浓浓的绿荫、秋日无息的落叶中。

在窗外看到了什么？那是生活的写真：上班一族

永远是脚步匆匆；初来乍到的打工者三五成群地结伴而行，脚步却是不徐不疾；含饴弄孙的老爷爷们都是气定神闲。每个人都在走着漫漫人生旅途的每一程，每个人都在演绎着自己的角色。世界在成长。曾几何时，对面还是青砖瓦舍的四合院，古朴凝重中透着些许失落。而现在，国际金融大厦、中远公司大楼、中央电化教育馆、天银大厦组成的楼群，日日展示着现代的气势。临窗无法远眺，高楼挡住了视线，但朝阳升起时的蓬勃和欢快，日在中天时的热烈和豪放，夕阳西下时的惨淡和悲壮，却可尽收眼底。

站在窗前，凝视窗外，心弦被轻轻地拨动着。当我们每天埋首于账簿、报表，和数字打交道，为琐事而烦恼的时候，当我们每天被电话、请示、汇报所缠绕的时候，请别忘了窗外那片属于我们的却久违了的世界，别忘了在心灵深处保留一片自己的纯净无邪的天空。

风景这边独好

正是春日稍长时。从办公室临街的窗户向外望去，宽阔的长安街上，络绎不绝的车流如龙，一东一西地逶迤而行；远处，海市蜃楼般的高楼大厦尖尖的屋顶，挨挨挤挤地将偌大的天空切割得一块一块，使这座城市的现代化气息更加凝重。然而，吸引我目光的，却是楼前的那片草坪。小草刚刚吐出新绿，茸茸地铺展着。四周的柳树已抽了新芽，鹅黄嫩绿。粉红的桃花，团团簇簇地绽满了枝头。黄灿灿的迎春花，枝枝串串。这一切，镶嵌在办公室的玻璃窗上，就成了一幅春意盎然的风景画。

草地上，一群孩子正在放风筝。他们跑着、跳着，抖动手中的线车，仰着脸儿看天空。高高的天上，燕子、苍鹰、蝴蝶、孙悟空迎风旋舞，忽而上，忽而下，俄顷一下子扎下来，又陡然升了上去，沉浮起降，上下翱翔，那根长长的线，时隐时现，若即若离，牵着风筝虽能自由起飞，却挣脱不开。凝睇之间，我想到了芸芸众生。我们或是终日来来往往，忙碌奔波；或是跋山涉水，辛劳不已；或是去国离乡，愁绪满怀；或是"居庙堂之高，则忧其民，处江湖之远，则忧其君"，不也有一股子精神，就如事业心、使命感，一种情愫，或如乡情、亲情，一起扭结在心里，如这风筝线儿一般地扯着我们的一生，我们能否挣脱名缰利锁的束缚？

一位老人默默地站在草地旁，看着这群嬉闹的孩子们。春日里夕阳温馨的余辉静静地照在他身上，轻柔慵懒的风亲吻着老人的白发。老人全神贯注地看着眼前的一切，城市的喧嚣，人生的辛苦仿佛远逝了，萦绕于他的是风霜历尽后的沉静，是"莫道桑榆晚，为霞尚满天"的坦然和从容。

这一刻，动与静，自然与人工，纷繁与淡泊，天真与成熟，开创与归宿，人生和心的历程，都凝聚在我办公室窗前的景物中。

乞丐*

　　儿时见到的乞丐，多是上门乞讨者。他们虽不至于蓬头垢面，但面色也的确难看：或肌黄，或苍白，或浮肿，或黝黑。虽然不至于衣衫褴褛，却也补丁摞补丁的旧衣服，背的口袋或书包已分辨不出布料的颜色，从破漏处露出讨来的一点食物。他们倚在门口，用各地的口音，无精打采地说着差不多相同的话："帮帮我吧，小兄弟。我家发了大水，几天未吃东西了……"给一块窝头或几分钱，就千恩万谢地走到了邻居家。也曾在路边见到残疾人乞讨。肢残者裸露着或扭曲变形或红肿残缺的惨不忍睹的肢体，盲人则眼

＊ 本文写于 2000 年 5 月。

眍塌陷或睁着混浊不清的眼白。他们坐在路旁，有的口中喃喃，有的不停地点头作揖，身前放着一个塌瘪的瓷盒或饭盒，里边有几枚硬币，间或有角票。那时见到乞丐，怜悯之心总会油然而生。

近来的乞丐，几乎难以见到上门乞讨的了（也许我住在楼房里，乞丐难得上楼）。他们也不要吃的，只是要钱。在北京建国门外大街，靠友谊商店、外交公寓的那条人行道上，总会见到乞丐。他们隔几十米远一个，席地而坐，衣衫破旧，委靡不振，见到外国人走过来，就眼盯盯地望着，呢喃着，有的甚至站起来，迎上前去。在北京常住的外国人也许见惯了，有的侧身躲过继续前行，也有的掏出钱来，放在他们伸过来的盒子里。在饭店、商场的门口，有时会被人拽着衣角，回头一看，是一个六七岁、八九岁的小孩，另一只手伸着，说："叔叔，给点钱吧！"胆大的还敢抱住你的腿。不给钱，会继续跟着你走。不远处，站着他们的爸爸、妈妈，那是总导演，也是收款处。也曾在路边见到穿着一身僧衣，打着绑腿的尼姑，或挨门挨户地向店家化缘，或站在一边等路过的善男信女布施。如果除去她们头上的包布，你会看到满头青丝，原来是未曾剃度的俗人。

第一次见到外国的乞丐，是1986年10月在访问摩洛哥时。在从首都拉巴特到古城非斯的路上，我们的车队停在一个小镇上休息，我正看着路旁摊床上的不知名的水果时，衣角被人拽了一下，回头一看，是一个儿童怯生生的目光，旁边还有几个大人小孩，看来是一帮乞丐。我正想说什么，从我们车队开道的警车上走下来的摩洛哥警察，大声喊着赶走了他们。噢，我想，外国的乞丐也是这样子的。

1993 年 9 月，我在国际货币基金组织设在维也纳的培训中心学习。一天乘地铁时，车刚刚启动，一位西装革履、衣冠楚楚的先生，站在车厢的一头，拉起了小提琴。琴声悠扬深沉，这时的车厢里十分安静，人们都沉浸在音乐声中。一曲终了，那位先生走向了乘客，他微笑着，什么也不说，金丝镜后的眼光是温和安宁的，系在小提琴一端的一个皮口袋微微摇晃着。乘客们有的无动于衷，女乘客大多掏出硬币，放到皮口袋中，那位先生轻轻地说着："谢谢。"噢，到底是发达国家，到底是音乐之都，连乞丐都是音乐家。我想起了在德国的法兰克福，在巴黎的地铁里，见到的乞丐或吹着萨克斯，或弹着吉他，一副温文尔雅的样子。

去年 9 月初，在莫斯科访问时，一天上午，我们穿越地下人行通道过马路。刚刚走下台阶，就听到从通道里传来欢快的手风琴声。走进通道，远远看见一位俄罗斯女青年坐在一旁，琴声就是从她的指缝间流

出来的，旁边还坐着一个小男孩。看见了我们，乐曲
变了，变成了中国人熟悉的"卡秋莎"。琴声紧紧地
牵着我们，走到她们面前，我们不由自主地停下来，
掏出了卢布，掏出了巧克力，小男孩高兴地一边连连
点头致谢，一边剥开糖纸，把巧克力放到嘴里。女青
年含笑着用更欢快、更急促的琴声向我们致谢。这一
幕令我们难忘，我拿出相机，摄下了她们。

　　真正的乞丐，都是靠乞讨为生的，他们要打动人
心来求得施舍。中国的乞丐，或是靠着苦难、不幸、
悲惨得到人们的同情；或是靠着欺诈，骗取人们的怜
悯。外国的乞丐，没有人诉说自己的什么遭遇和境地，
他们在乞讨时，不必装出假象，装出愁苦，依然真诚
地感动别人，依然保持着做人的自尊与自重。

　　"人"字永远是站立的。

挑战习惯[*]

又到草长莺飞时。窗外是一片生机盎然：草坪铺展着新绿，柳枝轻吻着春风，玉兰花吐出新蕊，迎春花映着黄灿灿的阳光。长安街也永远是这样的繁忙，川流不息的车龙，不绝于耳的喧嚣，匆匆忙忙的自行车队伍，三三两两的行人。四季有规律的更替，日月周而复始的轮回，生活按照自己的节奏，在平静中奔忙。这一切，我们已经习惯。

是的，我们习惯的事物太多太多。我们习惯于在一个地方生活，不习惯异地间迁徙带来的陌生；我们习惯于在一个岗位长期工作的得心应手，不习惯于岗

＊ 本文写于 1999 年 4 月。

位轮换带来的挑战；我们习惯于按部就班的操作，不习惯于研究操作背后的约束机制；我们习惯于满足账平表对，不习惯于分析其中是否隐藏着什么；我们习惯于接受，不习惯于思考；我们习惯于固有传统保持的安定，不习惯于创新带来的变动……

习惯给我们带来安逸，带来恬淡，也带来满足。就在我们在习惯中踽踽独行的时候，世界变得日新月异了；就在我们习惯于把算盘珠拨得噼啪作响的时候，计算机已经让算盘退休了；就在我们习惯于账平表对的时候，也许已经有犯罪分子盗窃了巨额的银行资金；就在我们习惯性地签字拨款的时候，也许拨款单的背后正张着贪污、贿赂、挪用的血盆大口。

作为金融会计的工作人员，也许我们的习惯更多。凡是制度性约束养成的工作习惯，我们要坚持。当我们收到联行报单，收到支票，收到汇票、本票，我们要习惯性地审查（但绝不是习惯性地看上一眼）；当我们记账时，我们要习惯性地复核账号、户名、大写小写、借方贷方；等等，等等。但是我们不能把习惯当制度，而只能把执行制度当习惯。我们不能让习惯蒙蔽自己的眼睛，不能让习惯代替自己的思考和分析，不能让习惯造成懒惰甚至于过失。

从沉思中抬起头来，推开窗户，扑面而来的春风让我们清醒了许多。

不信东风唤不回

这世界在季节的道路上走得太快。刚刚吟过春的妩媚，唱过夏的浓郁，也刚刚歌罢中秋明月，冬天就开始了冷酷的炫耀。

少年时曾有过的一个梦想，就是希望社会能成为一片净土，人与人之间永远如童稚般率真和质朴，亲密无间；这个世界不再闻到战争的硝烟，不再闪现刀光剑影；也不再有抢劫、偷窃，所有的监狱都成为运动场；路不拾遗，夜不闭户不再是写在纸上，所有的锁厂都将转产。于是，学雷锋，做好事，人们曾经是那样地真心投入。

乃至长大，对社会有了认识，但希望并未泯灭。现在，当我们走进物质文明更新的层面，却愈加忧虑精神家园的荒芜；真诚热情被冷漠的钢筋水泥所凝固，纯朴敦厚被光怪陆离的霓虹照变了形，团结互助被台'秤和计算机算出了价钱……"天下熙熙，皆为利来；天下攘攘，皆为利往。"一个"利"字，让世风日下，人心不古。

其实，逐利并非是坏事。在商品经济的社会里，"利"是人们创造、向前的一个原动力。中国当前面临的问题是必须遵守规则。

聪明的、绵延不绝的中国人是能够拯救自己的。党的十四届六中全会通过了《中共中央关于加强社会主义精神文明建设的决议》（以下简称《决议》），旨在形成全国范围的物质文明和精神文明建设协调发展的良好局面。读着《决议》，人们的心头重新燃起了希望，犹如严冬里看到了亮丽的春光。

精神文明是人类心灵的曙光。精神文明建设，实实在在地关系着我们每一个人的生活。一种明快愉悦的社会环境，一种坦诚互助的人际关系，一种欢快而有序的生活秩序，一个安宁和谐的世界，身在其中谁不会心情舒畅，意气风发呢？但这样的环境需要我们每个人的真心参与，热情投入；需要我们每个人付出真情，付出爱心；需要我们每个人不断地提高自我，完善自我；需要我们每个人从小事做起，从一点一滴做起。勿以恶小而为之，勿以善小而不为。这样，我们每个人的自我完善的过程，就为全社会的精神文明建设奠定了基石，铺就了坦途。让我们共同铲除精神家园的杂草，使这里天空晴朗，绿树成荫，绿草如茵，百花争艳。

青年节致局机关青年的信

青年朋友们：

"五四"青年节又要到了。在此祝你们节日快乐，祝你们永远年轻。即使到了不再年轻的时候，也依然和现在一样，有年轻的心，年轻的热情，年轻的希望和青年的节日在每一天。

应邀写下这篇文字，你们知道我此时的心情吗？羡慕中有一丝妒嫉。羡慕你们的年轻，羡慕你们的知识，羡慕你们的机遇，羡慕你们的今天，羡慕你们不可预知的未来。无论你们是学经济，学金融，学会计，还是学计算机抑或其他学科的，无论是学士、硕士还是博士，都对自己的未来有许多期许，有许多憧憬，有许多设计。你们知道自己未来的目标所在，知道自己的价值所在。

我真幸运，能成为你们的同事，并且有机会成为你们的朋友（但愿这不是我的一相情愿）。每天，看到你们在办公室忙碌的身影，看到你们在计算机前不停地敲打键盘，听你们在讨论外汇管理政策时的各抒己见；每天，在食堂看见你们三五成群地坐在一起，无论男女，都是满满一大盘的饭菜（尤其是在有排骨和炖猪蹄吃的时候）。你们所有的这些都感染着我，让我时时都感受到年轻和快乐，感受到活力和朝气，也让我在反问自己"廉颇老矣，尚能饭否"之后，亦想"老夫聊发少年狂"了。

喜欢和你们交往，和你们交谈，和你们一起游玩。每每这时，我都会学到很多很多。从你们的言谈中，我会看到时代的巨大变迁，社会的根本改变；从你们的衣饰上，我会看到时尚的流行，潮流的涨落；从你们的追求中，我会寻找失落的记忆和不复的当年。正是你们，一代又一代青年生生不息的奋斗，历史才得以延续，才不断地写出新的篇章。

面对你们，我时而会想起我的当年：那个在猎猎红旗下云谲波诡的年代，那些物产富饶而又不得不节衣缩食的日子，那个九百六十万平方公里放不下一张平静的书桌的环境，那段不想记起却又无法忘记的历史。想起这些，我不为我个人（这也不是我一个人的经历）心痛。心痛的是国家发展进程中的磨难如此之多。现在，这一切都已过去，我们也赶上了改革开放的时代，有了一显身手的时机。

是什么撑着我们从那困难的年代里坚持了下来？是年轻，是意志，是追求，是对未来的执著。如果离开了这些，我们每个人的一生也许就会浑浑噩噩、碌碌无为地度过。因此，我总记住郭小川的诗句："凡是前来的就有远大的前程，不来的只有老死山谷。"

改革开放后的中国社会日益多元化，也给了你们多元化的选择。无论怎样，"登山一条路，同仰一月高"。你们在众多的选择中，选择了到国家外汇管理局工作，期待着为完善我国的金融制度、为实现人民币的完全可兑换贡献自己的才智，这项工作的挑战性日益摆到了你们面前。正是挑战，才使你们有更多的机会，更大的压力和动力；正是挑战，才引诱和驱使你们投入其中。我知道并相信，你们迎接挑战的方式就是以必胜的信心，以充沛的精力，以不屈的意志，以不断的进取，战胜了一个个挑战，推动着中国金融制度的不断完善和创新。

我只希望，你们永远不要忘记人民——无论你们的职务升迁到了什么位置；你们永远不要忘记自己的责任——对国家，对社会，对工作，对他人；你们永远不要忘记提升和完善自我——从思想、道德到行为举止；你们永远不要忘记中国传统中优秀的东西——那是社会的基石，民族的特征，文化的底蕴。

想说的很多，留待来年吧！

致逝去的青春[*]

青春是美丽的。这种美丽太过短暂，因而更加宝贵。

当我们拥有青春的时候，我们未必感觉到她的美丽、短暂和宝贵。我们那么奢侈地浪费着，不加珍惜地虚掷着。偶尔，我们也在意，也珍惜，也想让青春的每一刻都闪亮。我们唱着"叫青春不开溜"，我们誓言"青春无悔"，我们希冀"青春永驻"……但青春终究一去不复返，离开我们独自而去，让皱纹渐渐布满脸颊，让白发悄悄爬上双鬓，让步履慢慢变得蹒

---

　　* 本文写于 2009 年 7 月 22 日。这一年 4 月，在井冈山，我要求参加机关团委培训的总行机关年轻人以《致我将要逝去的青春》为题，写一篇文章，并编辑成书，这是我为这本书写的序。

珊，让背影默默变得孤独，让心境无声地老去。

于是，在江西，在井冈山，在总行机关青年培训班上，当我看到他们中有人在读《致我们将要逝去的青春》这本书时，面对着朝气洋溢的"80后"，我没有感叹，而是想让这些机关新来的年轻人自己去思考怎样在人民银行总行开始人生新的旅途。于是，我以"致我将要逝去的青春"为题，请青年们自己写，体裁不限，字数不限，时间限定在第二天早上交卷。青年们很认真，白天的活动结束后，当夜晚来临的时候，大家都坐在灯前，静静地想，从井冈山的当年到中国的今天，从父母的当年到自己的今天，从自己的过去到自己的未来。于是，就有了这77篇文章，就有了这本小册子。

也许，他们的思考很稚嫩，文字也粗拙；也许，他们的表达很直白，他们的感悟也浅显；也许，他们的设计很自我，他们的憧憬也天真。但这没什么，这就是他们的真实。多元化的社会，多样性的思考，不一样的选择，才有了现实的生动鲜活和历史的五彩缤纷，才有了人类的进步。

致金融会计工作者 *

从你们选择会计作为终身职业并踏入这一行业时起，就注定了你们一生要和数字打交道，并且乐此不疲。当然，生活中是离不开数字的。然而，一辈子在工作中和数字打交道的，怕只有数学家、音乐家和你们了。数学家眼中的数字是抽象的，是可以假设的，是已知的或者未知的。音乐家眼中的数字是跳跃的音符，是激情的放送，但却是不完整的，只有"1、2、3、4、5、6、7"，而"0"在音乐家眼中不发声，只是休止符。你们不同。在你们看来，数字是具体的而不是抽象的，是现实的而不能虚拟，是完整的而不能

---

* 本文写于 2000 年 5 月。

片断地取舍，是沉甸甸的而不是绕梁三日的袅袅余音。你们眼中的数字代表的是价值，说白了，就是金钱。其实，从你们选择了这个职业并且为之奋斗终身时起，就注定了你们一生和发财无缘，尽管每天经手的钱财不计其数。你们知道自己手中的权力，也不要小看了自己手中的权力。如果你们之中有人有意无意地往哪个存款账户的贷方多写几个数字，哪个账户就会多出几万、几十万、几百万甚至上千万的金钱。你们工作久了，也许会发现，再好的制度，也并非尽善尽美；再好的制度，也有在执行中走样的时候。这个时候，是对你们忠诚于会计事业、忠诚于自己理念最严峻的考验。诚然，外面的世界灯红酒绿，纸醉金迷；物质的社会五光十色，美不胜收。何况，诱惑会使人的欲望膨胀，贪心会使人的胆子变大。能否视而不见？能否洁身自好？能否守身如玉？就看自己的定力了。定力是什么？是一个人思想、道德、意志、操行、教育的综合。那些抱着发财的梦想踏入这个行业并且定力不够的人，或者被强制着送到了另一个世界，或者被隔离了正常人的生活，或者被清理出了这支队伍。经过多年仍能留在这支队伍中，就充分证明了你们的定力。但是，请记住，考验还在继续。

当然，你们也很清楚，从你们选择了这个职业并走上岗位开始，就注定了你们一辈子要守护真实。你们笔下写出的、键盘上敲入的、账户里记载的、报表中列出的数字，都是要经得起检验、要载入史册的。如果把虚假带入了历史，那历史不就是任人涂抹了吗？这些数字，作为鲜亮的生命的意义是什么？是真实。你们从事这个职业，忠诚于这个职业，就是要还这些数字的本来面目，让这些数字和他们所代表的意义一致；就是要保持这些数字的完整和系统，让这些数字不被割裂和分散。一辈子守护这些数字的真实吧，那是守护自己职业生命的真谛。

是的，你们选择了这个职业，就注定了一生的辛劳。每天埋首于一大堆账簿报表中，凭证一张张来来去去，数字一串串闪闪烁烁，传票一本本越摞越高。常常，为了账平表对，月到中天时，你们才能拖着疲倦走出办公室；每一次的年历更替，你们都是伏在办公桌上听新年的钟声。每天的工作，多为周而复始，默默无闻。能安慰自己的，是经验和知识随着岁月、随着白发爬上鬓角的增长。还有，职业习惯也会在你们的生活中留下深深的印记——那就是谨慎。其实，这有什么。每个人的工作，不都是重复吗？作为普通百姓，大家都是默默无闻的。枭雄也罢，政客也罢，无论曾经怎样赫赫有名，都在历史的云烟中消散了。谨慎，那是最好的准则。敏于言而慎于行，会让我们少许多烦恼。

　　最后，你们说，这些问题，我们都想过了，都做好了心理准备；我们知道自己的责任，知道自己的工作特点，我们不抱怨，不后悔，坦然地用一生的时光，真诚地守候自己心中不眠的理想，守候会计的职业道德。

我有两份大学录取通知书[*]

1978 年 7 月，我走进高考考场的时候，已经有整整 12 年未进课堂了。

我当然记得，1966 年 6 月，我正在北国江城——吉林市的一所最好的中学读初三，正准备参加升高中的考试。我的目标是本市最好的高中，在那里，再实现自己的大学梦。我有信心，也有把握。但是，忽然听说考试取消了，过不了两天，课也停了。"文革"风暴一下子掀起，打碎了我的大学梦，人生的道路也由此改变。

1968 年 11 月，一场铺天盖地的大雪下了两天三

---

* 2002 年，《北京青年报》为纪念高考恢复 20 周年征文，我以此文投稿。

56

夜。过后，我和 10 名同学，来到了老爷岭丛山中的一个小山村插队，接受贫下中农再教育。山村不通电，全村 4 个生产队 1000 多口人，除了在部队当过兵的农民和车把式外，绝大多数不知道火车什么样，常戏谑地问：火车用几匹马拉。我们一年忙到头，从早干到晚，春天缺粮无菜，夏天被蚊子、跳蚤咬得体无完肤。冬天也不能"猫冬"，生产队包了 2 个林班，我白天上山伐木、造林，用老牛套把木头运下山后再归楞，晚上就住在山下的窝棚里。山里天黑得早，下午 4 时，我们已经收工回到了窝棚。吃过晚饭，社员都呼呼大睡，鼾声此起彼伏。我常常在黑暗中睁大眼睛，想着心事。劳累、艰苦并不可怕，可怕的是人生无希望，我不知道自己会在哪里，会怎样度过自己的一生。

1970 年，第一批工农兵大学生招生时，一个名额给了村子里另一个集体户的一名知青。他出身好，但学习差些。这个名额给了他，他犹豫了许久，担心学习跟不上。但毕竟可以回城啊，他走了。到了大学，给同学的来信中写了上课听不懂、学习跟不上的苦恼。我知道了，在心里对自己说："白瞎了这个名额，给我多好。"

1971 年夏，我因劳动表现好，又遇上了一位好心肠的"五七"插队干部。在他的极力推荐下，我被招工进了二零一厂，成为一名工人。在工厂里，我干过挖土方、挑砖、砌大墙的力气活儿，以后又调到机修班，开过车床，干过汽电焊、钣金下料、机械修理等技术活儿。那时，每月39元钱，生活有了基本保障，但我仍是茫然不知未来，日子在无奈中一天天飘落。

1977年冬，听到恢复高考消息的时候，我刚刚结婚，父亲又重病卧床不起。我不能把家、把照顾父亲的重担交给新婚的妻子，只能羡慕地看着妻妹复习功课，参加高考。当时我想得心好痛。我以为，像我这种大龄青年，参加高考这是最后一次机会了，这次不考，今生不再有梦。为此，我偷偷地流过眼泪。

1978年春天，父亲去世了。料理完丧事后，我去姑姑家，姑姑对我说："德伦，你怎么不考大学呢？你要考，你能考上。"姑姑的话，重新燃起了我的希望，我知道还有机会。和妻子商量后，决定考文科。以我初中的基础，考理科没有可能，尽管少年时代我想当工程师，或者当医生。于是开始借书，给在天津大学教书的姐姐写信，请她帮忙找些学习资料。她给寄来了几份复习提纲，有政治的、世界历史的。我每天天不亮就起床复习数学。白天上班，带上历史或地理书。我和机修班班长说，准备考大学，请他把一天的活都派给我。干完一天的活后，我自己就跑到车间的顶楼，坐在木料堆上看书。没几天，班长告诉我，其他工人有意见，不让我这么干了。时间更紧了，我着急，只能是起得更早，睡得更晚。我所在的工厂是个大厂，光20世纪70年代初新招入厂的知青就有2000多人，工厂有200多人报考。厂子很开恩，在考前给了2个星期的假。这2个星期起了大作用。在学习上，我步步为营，一个问题搞不懂，绝不进入下一个问题，每天的复习几乎都是从头来。

7月20日开考的时候，我早早来到了考场。考场设在一所中学，大门尚未打开，马路边已聚集了几百名考生，人人脸上都挂着紧张不安的情绪。年龄大的考生都是独自一个人在看书，应届的高中生三三两两聚在一起，讨论或交流着。那几天，天气很好，蓝蓝的天，白白的云，火辣辣的阳光。考完后，我的心情很沮丧。与其他考生交流答案，看他们一副志在必得的样子，我更恨自己，错的几个地方真是不应该，心里更是没底了。

分数终于出来了，出乎我意料的是，我远远高于重点大学的分数线，在全厂文科考生中排名第一。我的第一类第一志愿是一所重点大学的中文系，第二类第一志愿是财贸学院。我做着好梦，觉得上这所重点大学毫无问题。但是，别的考生已收到录取通知书了，我还不知道到哪儿上学。国庆节期间，才打听到被家乡的一所刚刚专科升本科的师范学院中文系大专班录取了，我不知道为什么。就在国庆节后去省城，到省招生办去申诉。省招办的接待室里，一屋子人都在打听消息。听完我的情况，工作人员说："小伙子，有书读就不错了。你看这一屋子的人，都还没地儿上学呢。"我又到那所重点大学打听，招生的人说："收到过你的档案，没录取的原因不告诉你。"再到财贸学院，学生处处长张平老师翻开笔记本，对我说："你的成绩在我校录取的学生中排第 2 名，我们非常想要你。你看，×月×日，省招办电话通知让我们把你的档案转到那所重点大学去。以后的事情，我们就不知道了。"这时，我才明白，那所重点大学第二次收到我的档案，又不录取就退给省招办，而这时专科院校就把我录取了。

回到家里，怎么想也是忿忿然，心有不甘。好不容易有了机会，好不容易考上，又考得不错，怎么就上个大专班呢，两年学制，连外语都不学。于是，我二上省城，找到财贸学院。张老师问我，只有会计系还有 2 个名额，你是否愿意学会计，我喜出望外，连连说："愿意，愿意，只要能读四年，什么专业都行。"张老师让我回去等消息，他和省招办、师范学院联系办理。

我回到家里，在忐忑不安的等待中，师范学院的录取通知书寄到了家中，要求 10 月 8 日、9 日两天报到，10 月 10 日正式开学。我未去报到，一心等着财贸学院的通知。等待的心情不仅焦急，而且担心，一旦财贸学院不录取，我将无学可上。每天上班，我总往车间文书那跑，问有没有我的挂号信；下班回家，第一件事就是问有没有信来。一直等到一个多月后，才收到财贸学院的录取通知。我是 11 月 12 日到财贸学院报到的，这时，各大学已开学月余。我搭上了高考最后一班车的最后一节车厢的最后几个座位。

现在，师范学院的录取通知书和当年的准考证静静地睡在我家书橱的抽屉里。每次看到这黄色的信封，都会翻捡起我当年的大学梦和实现梦想的崎岖之路。

感怀财院往事 *

——纪念财院学报创刊 30 周年

春天的时候，同学一凡到北京，为纪念学报创刊 30 周年约我题词。一凡和我同是 1978 年考入财院的。那时，他在商业经济系，我在会计统计系，虽然不是一个系的，但 78 届的学生只有 480 余人，彼此间多有交往。于是，就在北京，在我的办公室里，我们聊了起来，聊的当然是财院，是当年的财院。

那时的财院很小，但蓬勃的朝气、欣欣的活力和整个时代浑然一体。无论是校领导、教职员工，还是学生，无论春夏秋冬四季，人们仿佛都沐浴在春光里。

---

* 2009 年春天，薛一凡同学邀我为学报题词，我不擅题词，就写了这篇小文章。

那时的校园，上课时显得尤为静谧，而课间，则充溢着欢声笑语。清晨的校园绿树下，随处可见默默读书的同学；夜晚月色中的教学楼，窗口总有不熄的灯光。那时的寝室，只有小小的十几平米，挤满了十张床，一张用于摆放个人物品、洗漱用具，其余的九张就是卧榻了。虽然拥挤，每天轮流打扫，却不失干净。房间里没有酒瓶子，没有易拉罐，除了暖水瓶的开水，就没有任何可供入口果腹的饮料或食物。寝室外走廊昏暗的灯光下，读书背书的人会站到夜半。那时的食堂只有一个，一日三餐，所有学生都在一起，打饭窗口前，是一条条长龙，小黑板上，两三样菜，每个月每个人2斤大米，5斤白面，其余都是粗粮。这意味着每星期只能吃一次大米饭，而且只能吃4两。我们每次吃大米饭，都是4两米饭0.10元，一勺排骨炖土豆0.25元。三口两口扒到肚里后，真想再来一份。那时的学生，大部分是在离开课堂、历经失学之苦后重新进入校园。我们都怀揣着一生的梦想，只知道埋头苦读，每天有读不完的书，有思考不尽的问题，我们会和老师讨论、争辩，会诘难老师。当然，也像所有学生一样，课堂上有恶作剧，或者偶尔逃不喜欢的课。

财院校报是1979年创刊的，我依然清晰地记得她的封面上"吉林财贸学院校报"的字体，记得在财院阅览室里学报摆放的位置。上晚自习的时候，我们常常在阅览室里，取过一本学报，静静地坐在那里读着，许许多多的知识在不经意间汩汩地流进了脑海，许许多多的问题也在阅读时产生，让我们再去扩大读书的范围，我们羡慕那些在学报上发表论文的前辈、老师和同学，我也想发表什么，但终究有些心怯，怕自己文疏才浅，影响学报的声誉。

一晃儿三十年过去了。想必今日的学报，孕育着成熟，也孕育着深刻，还孕育着无畏，孕育着创新。

回忆让我们更感觉到财院的亲切，更感谢财院对我们的培养，更感谢那些在财院发展道路上继往开来的各位。

致母校 60 华诞*

各位老师，各位校友：

母校 60 华诞，我由衷地为之高兴。母校以她的成熟和慈爱，以她的智慧和细腻，以她的活力和激情，依然受到所有她哺育培养过的人的爱戴。

我离开母校已四十年了。无论我在哪里，无论白天和夜晚，母校都让我魂牵梦萦。白天，案牍之余，我会在不经意间想起母校；夜晚，更深人静，母校常常进入我的梦境。只要我回去，哪怕时间再紧，我也会去看望母校——桃源路上老八中的旧址。每一次回忆，每一次看望，都会在我的心底掀起涟漪。感谢母

65

校，在我成长的阶段，接纳了我；感谢母校，给了我知识，奠定了我人生事业的基础；感谢母校，给了我坚韧和不怕困难的性格，让我在人生的路上一往无前。

母校当年的那些老师们，也许你们还记得六班的那个有些内向、不愿说话、沉稳的学生；那个个子不高、眼睛大大的、瘦弱的小男孩；那个除了体育不好，其他功课门门优秀的学生（对不起我的体育老师李润起）；那个从不张扬但内心始终跃动着梦想的小男孩。他在你们的目光注视下，一日日长大，一天天改变，一点点进步。他还记得你们：武宝珩、张运成、李秀文、吴久茹、汪精业、苏仲云、乔润华、姚继舜、王任杰、臧丽华、朱凤桐，教生物的姚老师、图书馆的杨老师和宫守义、赵立三、龚连娥校领导，还有那许许多多虽然未曾教过我，却以你们的才华和品德影响着我的老师们。你们的形象，注定要伴随我一生。

对于正在母校学习和将来要入读母校的校友们，我想说的是：心中要有梦想，与梦想签约吧；避开窗外的喧嚣，静下心来读书，发愤刻苦，命运就会改变；请记住诗人郭小川在《乡村大道》中所写的："凡是前来的就有远大的前程，不来的只有老死山谷。"

给同学的信[*]

亲爱的同学：

　　你们好。接到杨德俊、魏鲁田同学的电话，约我回去参加同学聚会，我很感谢，也真想立刻飞回去。奈何身不由己，只能企盼着。

　　离开八中，离开三年级六班这个集体，已经三十年了。三十年来，历史的尘埃淹埋了多少旧日的时光，许多如烟往事，淡淡地飘散了。然而，母校八中的一切，从老八中散散落落的房舍到新八中的教学楼，从教学楼西南角的三年级六班教室到图书馆、试验室，从班主任武老师、代理班主任张运成老师到各学科的

---

　　* 1998 年秋，在北京的办公室，写给中学的同学。

67

教师，从接着学号数起的 47 名同学到转学的刘沙平，失踪的李恒，时时变幻着浮现在我的眼前，定格在我的记忆中，让我魂牵梦绕。我深深地怀念着。离开故乡以后，我更热切地渴望听到同学们的消息。偶尔听到一点，总是激动不已。

三十年，弹指一挥间，我们由指点江山、激扬文字的少年，而青年，而中年；由学生而知青，而工厂或机关或学校；由聚在一起而天南海北。听说有的同学已经离岗或退休，真让人感慨岁月无情，人世沧桑。

这三十年，我和大家一样，走过了相同的路，我们每个人都在自己的岗位上奋斗着，和命运抗争着，每个人都有自己的辉煌。

1968 年 11 月 29 日，我不情愿地离开了吉林市，和杨忠义、高鸿翔、王绍福及其他班的同学，插队到舒兰县新安公社石河三队。在那段艰苦的日子里，我最痛苦的，不是离愁，不是日出而作、日落而息的劳累，不是饥一顿、饱一顿的饭食，不是在齐膝深的雪坡上砍伐树木，而是心底的迷茫。理想在哪里？出路在哪里？一颗寂寞的心，被四周连绵不断的山岭包裹着、挤压着。于是，在油灯下，看一切带字的印刷品，对着日记诉说心里的话，成为我的一种支撑。经历二年又八个月的磨炼，1971 年 7 月 30 日，我被抽调回吉林炭素厂，成为一名工人。生活也许就此定型了，认真钻研技术，老老实实做人，等着涨工资，娶妻生子，为柴米油盐操劳……似乎这就是人生，一种格式化的生活。但我甘心吗？闲暇时，看书，写日记。被车间发现，被厂机关发现，借我去写总结，写诗歌，编工人诗歌集，写剧本，写理论文章，登台评《水浒》，到市委工交办、市工会帮忙写报告……

1977 年 9 月，我成了家，人生航船驶入了一个宁静的港湾。1978 年 5 月，在表弟的婚礼上，姑姑对我说："德伦，你怎么不考大学呢？你能考上。"姑姑的提示，让我震动。回来后，和妻子商量一下，就开始借书，找书，边工作，边复习。我要感谢碳素厂领导支持我们报考，考试前 2 周，特为我们放假。经过 2 个月的复习，在 20 年前的 7 月 20 日，我带着惶恐进入了考场。成绩发表了，体检，等待录取通知。我一直认为，可以被吉林大学录取，我的分数远远高于吉林大学的录取线，但阴差阳错，几经曲折，当我到吉林财贸学院会计系上学时，学院已开学一个多月了。可以说，我是搭高考的最后一列车最后一节车厢最后几个座位，开始改变人生轨迹的。

四年的大学生活，尽管我有家室之累，但仍然是美好的。离开课堂 12 年之后，重新坐在课桌前听老师讲课，真是一种享受。虽然我已近而立之年，在班里是年龄最大的一个，但我不服气。毕业时，我的成绩是全系第三名。学院动员我留校，我也描绘着自己未来大学教授的路。但最后，是我妻子的工作安排问题，使我回到了家乡，在人民银行吉林市分行会计科开始了机关职员的生活。

大学毕业时，我的大学同学踌躇满志。当时正是党中央提出干部"革命化、年轻化、专业化、知识化"，现代化建设亟须人才之时。但我担心的是：我们得其时，能否得其主？记得看《三国演义》，诸葛亮出山时，司马德操仰天长叹："孔明得其主，不得其时，惜哉！"我们呢？现在，我庆幸自己不仅得其时，而且得其主。1984年夏，大学毕业将近两年，我被提升为市分行会计科副科长。省行领导从我的调研报告中发现了我，就在1984年8月，向总行推荐了我。1985年1月，总行到吉林市考察我，3月，我调到总行，9月，举家迁京。

在举目无亲的京城，在人才济济的总行，在错综复杂的机关，我没有优势，只有靠自己的才能，靠自己的勤勉，靠自己的认真。十三年来，从会计司到办公厅，到条法司，到政策研究司，再到办公厅，又到会计司，一个岗一个岗地干；从会计业务到宏观调控到金融监管，从国内到国外，一点一滴地学；从副科长到科长、副处长、处长、副司长、司长，一步一个台阶地走。这十三年，我去过二十几个国家考察，交流访问，也在巴黎法国国家行政学院、维也纳国际货币基金组织培训中心、香港的商业银行研修过。1991年，一整年都在新加坡金融管理局研修学习。我的视野、我的思路、我的专业知识都在变。不变的是我的"居庙堂之高，则忧其民；处江湖之远，则忧其君"的忧患意识，是"先天下之忧而忧，后天下之乐而乐"的使命感，是"做本色人，干近情事，说根心话"的信条，是"壁立千仞，无欲则刚；海纳百川，有容乃大"的自我约束，是"凡是前来的就有远大的前程，不来的只有老死山谷"（郭小川《乡村大道》）的进取意识。我是官，但熟悉我的人更能感到我的文人气息；我置身于官场，了解我的人更喜欢我的率直和童稚；我在中央银行工作，认识我的人更愿意和我交流诸子百家，市井街巷。最能代表我人生的是我大学时以自己名字为题写的诗，最能代表我为官之道的，是我在1995年底发表的给办公厅全体同仁的"新年致辞"。

现在，我妻子在人民银行总行研究生部学生处工作，儿子在人民大学附属中学读高三。无论生活怎样安宁，对故乡的怀念时时在我心里掀起波澜；无论时光怎样流逝，同学的友情始终荡漾在我的心田。真想一步跨越回去，和大家相聚，和大家畅谈。

同学们，你们好吗？

忆秦娥*

插队离乡时

别吉林，廿载乡情一朝分。一朝分，西天残月，遥知我心。

乘车我作他乡人，回首江城泪满襟。泪满襟，茫然叹曰："故国情深"。

---

* 本诗写于 1968 年 12 月 6 日于火车上。这是一个寒冷的冬天的清晨，天上星光稀疏，残月西横。地上一片冰雪，不见行人。我独自离开了家，走上了一条艰难的不知未来的路。记得走到路口，我站住了，回头望着在黑暗中我家房屋的轮廓，从窗户中透出的幽黄的灯光时，眼泪像断了线的珠子，滚滚而出。于是，在喘着粗气、爬行在崇山峻岭间的列车上，我写下了这首诗。

卜算子 *

春节感怀

岁华空度过，悠悠若流水。回首往事心欲碎，空洒英雄泪。

理想变空想，功名亦成灰。愁举金樽惟狂酒，人醉心不醉。

---

* 本诗写于 1969 年 2 月 18 日（春节）。插队 2 个多月后，回家过春节。初到农村时的新鲜和好奇已消逝，留下的是疲惫的身体、无着落的心和不知尽头的日子。家很温馨，在那个年月里，春节也还热闹。但春节过后呢?

如梦令*

插队住社员家偏厦时

庭后芍药已谢，屈指二月离别。

最愁是黄昏，风吹孤灯摇曳。

呜咽，呜咽，泪眼唯对明月。

---

* 本诗写于 1969 年 8 月初。看看已到夏末，社员家的小院子里，芍药花已凋败，离家又数月矣。山村尚无电，每当黄昏降临后，陪伴我们的，只有煤油灯如豆的光亮。孤寂和愁绪才下眉头，却上心头，无处排遣。

五律 *

想家

傍晚独倚窗，举目西南望。
故乡千山外，地茫天亦苍。
欢笑竟何去？惟有泪千行。
劝余莫思乡，思乡欲断肠。

---

* 本诗写于1969年9月。秋天到了。秋雨中，从村口遥望故乡，只见帽儿山上雨云仍重，天空一片迷蒙。山岭阻隔了我的视线，彷徨无依的心情更强烈了。

三、五、七言*

秋思

雁南行，引秋思。

秋风扫落叶，乌鸦栖秃枝。

满目凄凉满腹忧，衣锦还乡是何时？

---

* 本诗写于 1969 年 10 月。曾有朋友问我，插队时最大的痛苦是什么。那时，农活的繁重、身体的劳累可以挺住；吃饭时的饥饱无定、冬天屋子里冷若冰霜可以承受；夏天的蚊子、跳蚤、瞎蠓的叮咬可以忍耐。但精神上的无助，人生不知希望在哪里是知青最大的痛苦。1969 年，还没有知识青年被招工回城或成为工农兵大学生的机会。

七绝

赞匡衡凿壁偷光

家贫如洗一物无，凿壁偷光夜苦读。
知识不分穷与富，寒门岂无贵子出？

七绝

岳飞

岳飞英勇世间无，云月八千逐金虏。
风波一死犹忠义，万古堪称大丈夫。

七绝[*]

少年英雄夏完淳

年少生虎胆，无畏斗敌顽。
人生谁无死，为国重泰山。

---

    * 插队时，我把在初中一年级时姐姐从北京寄来的《中国古代名人故事》一书带在身边，闲来无事时常翻看，以激励自己，有感而发写几首诗。以上皆作于 1970 年秋。

.

人性的底蕴 夜月聽鐘

关于"人性"一词的词义，1927年版的《国语词典》的解释是：指人类特有行为所显示之本性。

1993年版的《现代汉语词典》的解释是：在一定的社会制度和一定的历史条件下，形成的人的本性。

人性是什么？每个人或许有不同的理解。但是作为人，作为高等动物，我以为，人性的基础是真、善、美，由此所产生的、发自内心的、自然的爱，对祖国，对家乡，对生活，对一切认识和不认识、有关和无关的人的爱。

社会是由形形色色的人构成的。在每一个人心灵深处，都有人性的底蕴闪亮，潘朵拉匣子释放出来的那些邪恶，自然就无法附身，世界就会温馨、美丽和安宁。

姿里乾坤大

老王*

　　车出宝鸡市即转向西南，沿212省道，翻越秦岭，向凤县驶去。

　　我是乘早上七点一刻的航班飞西安的。不幸的是飞机晚点，幸运的是只晚了35分钟。上午九时半，飞机降落在咸阳国际机场，我们旋即乘车在中午时分赶到宝鸡。午饭后，稍事休息，就奔凤县。

　　我此行的目的地是坐落在秦岭腹地的总行105库。一驶上212省道，道路就十分局促，只有上下行两条车道，又是山路，车内的GPS不断提示："前方是急转弯"，迎面驶来的载重货车越发让我们的车小心翼

---

　　* 2011年3月28日，我到宝鸡总行105重点库检查时，认识了老王，被老王的事迹感动。回到北京后，一挥而就。

85

翼。虽然已是春天，但秦岭的山却不见一点绿色，草仍是枯着，树仍是秃着。山洼里，大片的白雪告诉我们，冬天还没有完全离去。从宝鸡到凤县，不过110公里左右的路程，我们却走了两个多小时。

一

老王站在105库的门口，和他的五位同事一起迎接我们。

老王，王宗瑜，个子高高的，腰板直直的，国字形脸，山里的风把他的脸吹得黑黝黝的，额头上、眼角旁的皱纹是岁月留给他的痕迹。看老王的现在，可以想象，若倒退30年，老王也是一个英俊的关中汉子。

老王穿着统一的米黄色大褂，很激动的双手紧紧握着我的手，本来就话不多的他，更不知该说什么了。他领着我们去登记，办入库手续。待把这些手续办完，看我们也都穿上指定的褂子，他才去开库门。开库门的时候，老王和库管员的动作一样，都是背对着我们，肩膀紧紧地抵着大门，把手上的动作遮得严严实实，不让我们看。

沉重的库门缓缓地打开，我们在老王的带领下，依次进入库房。我们惊呆了。10余万箱的存货，整整齐齐地摆放着，横看，竖看，都是一条直线。每个托盘上，摆着 2 排 5 层、一层 10 箱共计 50 箱存货。每个托盘都编了号，上面注明品种、50 箱的起始号码。每个箱子上的编码又印得清清楚楚。这就为转运时登记、管理、安全提供了条件。

10 余万箱存货，像等待出征的士兵。指挥他们、操练他们、管理他们的，就是老王。

二

在秦岭逶迤的崇山峻岭中，有一个不起眼的叫做"柏林山"的小山包。在那个"备战、备荒、为人民"的年代，小山的山脚被削去一块，一座钢筋水泥浇筑的库房就建在这里。想一想，这已是 40 年前的事情了。院子里还有两排简陋的平房，那是办公、吃饭和睡觉的地方。抬头望去，柏林山的山头就在库房上边，半山腰的一道围墙，把这里同世界隔绝开来。

老王就在这儿工作，他是主持工作的副主任。

老王不像个库主任，他和另外一位副主任加上凤县支行支援来的 4 个人，组成他的团队。老王什么都能干，没有锅炉工，他烧锅炉；没有司机，他开车山上山下跑；没有电工，他维修电路，甚至爬上颤巍巍的木梯子，到十多米高的库房顶棚换灯泡。

老王是个过日子的人，什么都把得很紧。装存货的小木箱，上级行给的预算是 40 元一只，老王硬给砍到 30 多元，一下子就节省了几十万元。而且，这些小木箱都是用俄罗斯进口的松木做的，耐潮也耐用。这次存货转移，按铁路运输规定，在机车和载重车厢之间，要加挂一节空车厢，以为缓冲。但老王和铁路方面谈判，说这节车厢不装货，不能付钱。谈了几次，终于省下了近 4 万元。

老王守制度。无论是谁，进库登记一丝不苟，工作服必须穿。我们现在的库房完全靠探头组成的电子设备监控着，而 105 库没有这些。但这么多年来，多少次的出入库，多少人在这里进进出出，包括 2000 年以后的那三年，对几千万件存货全部挑选一遍这样的大翻腾，存货一克也未少。我们来查库，打开了三个箱子，第一眼看到的是存货清单，经手人章、装入时间、存货的品种、数量、等级，清清楚楚。存货是规格化的，一包包齐齐整整，每一包都贴着封条；不是规格化的，大件的单独包装，小件的分类装在牛皮纸口袋里，每一件、每一袋又贴着清单，又封得严严实实。我们检验过后，两个管库员再分别细数一遍，小心装进去。老王把箱子钉住，铅封卡住。

老王管得严，但职工们服气。30 年里，重点库的员工来来往往，西安分行货币金银处处长换了又换，但大家对老王，没有半点微词，只有交口称赞。

三

1982年，老王调入105库时只有30岁，如今他59岁了。他一生最好的年华是在这座小院落里，守着价值无限的金山银山。一万多个日日夜夜，30次的季节轮回，从春到夏、从夏到秋、从秋到冬地周而复始。白天，看日出日落，听风声雨声；夜晚，陪伴他的是山的静寂，是天边一轮清冷的月，是夜空寥落的星。

老王无怨言。他是西安分行的干部，工作地点却远离西安几百公里。他从未提出调离，也未提出轮换。他爱人在县上一家商店工作已退休，儿子在县统计局下一个事业单位，他也未要求组织上把老婆孩子安排一下。

老王生活朴素。我见他时，就穿着一件土棕色的夹克，里面是一件我说不出颜色的毛衣。那天早上，我们去凤州火车站的货场，看望值守了一夜的负责转运的干部和武警战士。货场上灰土很厚，出来时，我看老王的皮鞋，问他："你的皮鞋什么颜色的？"老王笑笑，回答不出来。我相信，他不会追求品牌，甚至不知道品牌。

3月底的山里，还很冷，晚上我住在县政府招待所，冻得难以成眠。我想起老王，第一次装车转运存货时，天更冷。老王他们回到重点库，吃上一碗热面条，有一碟油泼辣子，就很知足。

30 年，山外的世界发生了多大的变化啊。大都市的霓虹闪烁，商品世界的光怪陆离，饭店酒楼的觥筹交错，老王视而不见。老王的心里，只有这座库房和看守库房带给他的责任。

老王不会说自己，短短几个小时，他从未说过自己的辛劳，一句都没有。这里的几件事，都是同行的西安分行、宝鸡中心支行、凤县支行的同志讲给我的。他的事迹很平凡，没有惊天动地的伟业，没有激荡人心的豪言壮语，没有如日中天的辉煌。但我面对他，回来后想着他，总有无名的感动在心底。

105 库的存货要转走了，老王明年也要退休。库房空了，老王的心也空了。空荡荡的库房，空荡荡的小院，还有老王 30 年的岁月，永远地留在了柏林山脚下，留在秦岭的崇山峻岭中。我说："老王，你以后会常常梦见这里的。"

四

我把老王的故事讲给你听。我知道，今后的岁月里，老王的故事不会再版。我只是想问一句："在喧嚣的世界里，耐住寂寞，守着淡泊，是不是很难？"

一声叹息 *

我不知道，2005 年 12 月 31 日夜，那一年的最后一个夜晚，在北京首都体育馆，座无虚席的时候究竟有多少人在那里。但我知道，那一个夜晚，在那里的所有的人，现场的歌迷和听众，以及工作人员，都见证了一个人的突然死亡。黄建福，齐秦演唱会的手鼓鼓手，在忘情的演唱中突然跌下了舞台，跌下去的地方虽然只有七个台阶高，但这一跌，就跌破了阴阳两隔的界限，就一去不复返了。

现场的所有人，歌迷、听众、保安、乐手、录音

* 本文写于 2006 年 1 月 10 日。2005 年 12 月 31 日夜，我在首都体育馆，看到了一个人生命离去的那一幕，那时，演唱会已该结束，齐秦谢幕后又被大家的热情喊了回来，唱最后的一首歌"大约在冬季"，黄建福过来伴唱，悲剧就此发生。

师、音响师、摄像师，就连齐秦本人，谁也没有意识到这一跌的悲剧意义。歌迷们站起来看了看就又坐下，齐秦弯腰看了一眼仍继续唱着。歌声没有停，乐队的演奏没有停，歌迷依旧在欢呼……就在歌迷激情迸射、纵情呐喊的时候，就在现场陶醉在光怪陆离的灯影下，迷眩在闪烁的荧光中的时候，黄建福离去了，他唱着歌走向了天堂，我们用歌声、用欢呼托着他的灵魂进入天堂。

而这一切，应该是戛然而止的啊。如果我们知道，如果我们想到，或者我们意识到，我们会停止。我们的欢呼会变成呼唤，激荡的歌声会变成祈祷，手中的荧光棒会变成烛光，现场的热烈会变成沉默，乐队的演奏也会哀婉。是的，我们想不到，一个人的生命是如此的脆弱，生命的离去是那样轻易，死亡的过程竟然如此的短暂。就在一瞬间，就在那一跌。

传媒的发达已经让我们知晓了太多的死亡。一次矿难，一次交通事故，一次楼房坍塌，一次商场大火，一次工厂爆炸，一次海啸，一次地震，一次人体炸弹。国内的，国外的，自然的，人为的。每一次，都有十数条，数十条，抑或上百条的生命消失。他们被贪欲、被罪恶、被阴谋、被狭隘、被疏忽大意、被麻木不仁、被大自然的愤怒吞噬了。每天每天，还有那些走到生命尽头的人呢。这些无辜的生命的离去，每一次，都会刺痛我柔软的灵魂，冲击我敏感的神经，拨动我人性的心灵发出声声叹息。无论他们是谁，无论他们是否与我相识，无论他们离去的方式，无论是意外还是正常，我都会为生命的离去而痛。痛恨那些黑了心肝的矿主，痛斥那些制造悲剧的始作俑者，痛惜那些死在无论是痛苦中还是欢乐中的生命。

2005 年 12 月 31 日午夜时分的一声叹息，不再贺岁。

勤勉敬业　真诚做人[*]

——悼谢宏华

听到谢宏华突遭车祸去世的消息，我惊呆了，我不相信。当这无情的事实被证实后，无限悲痛从我心底涌出。

我和谢宏华并不熟稔。但是，他是那种沉稳、真诚的人。短暂的接触，我可以感到他的淳朴、厚道、勤勉、认真。他任人民银行湖南省分行副行长时，难得来京，偶然来汇报，我那时作为办公厅主任，负责安排日程，和他有接触。前不久，他奉调人民银行任非银行金融机构管理司副司长，见面的机会虽然多了，但大多是在会议室或是中午在食堂吃饭，也无暇深谈。

94

1月上旬的一天，我下班较晚，在总行办公楼门前的台阶上，遇到他也刚离开办公室。我们就站在寒风里，聊了聊他在总行招待所的饮食起居。我知道，他从湖南千里迢迢只身来京，那种羁绊旅途孤寂无依的心情需要慰藉。

1月中旬，在行长办公会上，听他汇报证券公司脱钩问题，我惊异他的工作能力和勤勉精神。在总行原来管理证券机构的同志都调走后，他在上任这么短的时间里，就把情况摸熟了，不能不令人佩服。

1月25日，是谢宏华遗体告别的日子，我出差在外。假若在北京，我也许不会去，我不忍看他一个人孤零零地躺在冰冷的石床上，不忍看他那张充满痛苦、遗憾而又无奈的脸，不忍看他化做一缕青烟，飘散在天空里。在我心中，他还是那个样子：站在办公楼门前的台阶上微笑着，在办公会上谦和从容地汇报着。

人的生命其实是很脆弱的，不是吗？谢宏华蓬勃的生命，就在那一瞬间，在"嘭"的一声中消失了，来不及嘱托，来不及叮咛，甚至没有留下只言片语给他的妻女，给他的父母。生命是什么？是生与死相约的过程。明白了这一点，我们应加倍地珍惜生命、珍惜生活、珍惜工作、珍惜友情。同事之间、邻居之间、亲朋之间，我们应豁达大度，充满友爱，彼此理解。功名利禄只是过眼云烟，看得重了，活得也累。

总是无法忘却谢宏华。

启人主任，你走好[*]

——悼念王启人同志

我是在中午时分到达这个城市的。

今年的第四号台风"尤特"，刚刚从离这个城市不远的地方掠过。昨天还是大雨倾盆，今天，天就放晴了。阳光把灰蒙蒙的云赶到了天空的四周，头顶露出了蓝天。天气很热，也有些闷。街上依旧是川流不息的车辆和络绎不绝的人群，在急匆匆地赶路。路旁依旧是红花绿树，展示着生命的顽强。我的心中，蓦地唱起了那首老歌中的一句："生命终究难舍蓝蓝的白云天。"

---

* 2001 年 7 月 8 日，在我探视王启人主任后的第三天，他去世了。我以此文来悼念他。

　　我此行的唯一目的，是看望我的尊敬的师长、领导——中央人民政府驻澳门特别行政区联络办公室主任王启人的，他已处于弥留之际。

　　王启人躺在南方医院惠侨楼的一间病房里。病床四周，监测血压、心率的仪器和血液透析机、呼吸机等抢救设备正在工作。病房里很静，两个护士在无声地忙碌着，只有王启人滞重的呼吸，只有监测仪的屏幕上绿色的不断波动的曲线，表明了他生命的存在。我站在床前，默默地看着他，不敢相信：这就是那位矮矮胖胖，走起路来腾腾有力，说起话来铿锵干脆的王主任吗？这就是那位当年吟唱着"人生得意须尽欢，莫使金樽空对月"而走上新的领导岗位的王主任吗？这就是那位经常在电视上见到的谈笑风生、意气风发的王主任吗？如今，他安静地躺在这里，生命正悄悄地离他而去，往昔的荣耀和辉煌已铸入历史。

　　看着他那蜡黄色的脸，听着那沉重的呼吸，我想了许多，也有许多的话要对他说。我想说："王主任，你走得太早，你才59岁。你还有许多理想。我们原本计划到退休后，有时间了，把你亲身参与的澳门回归祖国的全过程真实详尽地写出来，为后人留下一段历史的啊。"

　　我想说："王主任，你太累了。像这样连续地超负荷工作，身体怎么受得了。1998年你身体不舒服，就去检查、治疗,该多好。可你总是忙于工作,忘了自己。"

我想说:"王主任,你总是心太软,把所有的问题都自己扛。你说话和风细雨,办事替别人想得太周到,想得太多,从不伤害任何人。你的心好大,但也好累啊。"

我想说:"王主任,你对自己要求太多,你追求至善至美,任何一件工作都想干得最好,对任何事情,都想处理得最圆满,无论于人,还是于事;无论对上级,还是对下级。"

我想和你聊聊,聊我们一起在人民银行政策研究室的时光。那是1989年的3月,你从人民银行广东省分行副行长调到总行任政策研究室主任,组建和开创了政研室的工作。那时,在北京三里河总行大楼326房间里,你领着我们分析经济形势,研究如何既抑制通货膨胀、又促进经济恢复增长的措施。你领着我们和分行的同志开座谈会,到外地调研,研究金融改革深化的方案。每天每天都很忙,你却似乎不知疲倦。那时,你住在稻香园23号楼,家中只有一床、一桌、一椅和电视、冰箱。下班回到家中,空荡荡的房间里只有你自己,惟有的消遣就是看书和思考。那年的国庆节,全室同志就在你家中聚餐,我们大家一起动手做菜,用茶缸喝酒。每天早上,你到办公室最早,自己提着两个暖瓶，给全室的同志打开水。1990 年初，你升了行长助理，还是老样子，一点都没架子。

我想和你聊，聊一些轻松的话题，聊一些你高兴的事情。让你把人生际遇的不快、烦恼和遗憾都忘掉。让你轻轻松松地上路。如果能转世来生，让你的来生也轻松。

我想说的很多，我什么也没说。我不想打扰你的安静，也不想让你知道我来看你，不要再引起你的伤感吧。

走出病房，我的内心在呼喊："你快回来，我的心已然承受不来！"

好人为什么没长寿呢？许多人问我这个问题。1997 年我生病住院的时候，也想过这个问题。想来想去，我明白了。好人可以善待别人，善待工作，就是不会善待自己。好人辛辛苦苦但从不叫苦，好人忍辱负重但从不觉得，好人宁愿自己受委屈而不会委屈别人，好人把苦、把累、把委屈装在肚子里，时间长了，好人能不生病，能有长寿吗？

但不做好人，即使活了 100 岁，又有谁纪念他呢？

聚散两依依[*]

　　"终于还是走到这一天，要奔向各自的世界。没人能取代记忆中的你，和那段青春岁月。"小虎队告别演出时的这段歌词，长久以来一直盘桓在我心灵深处。人生是座大舞台，我们苦苦地追寻自己，就不断地变换着自己的角色，就上演了许多聚散离合的故事。

　　今天，当我告别人民银行会计工作岗位的时候，我思绪万千。不是感慨时光的飞逝，而是为我眷恋的事业，为我未完的职守。两年七个月的日子，我们一同走过。一同经历了人民银行管理体制改革的阵痛，一同推进了金融机构现金流量表的编制，一同研究了

---

　　* 2001 年 3 月，国务院任命我为国家外汇管理局副局长，离开总行会计司时写下了这篇文字。

会计集中核算的需求，一同完成了本外币统一并表和核算的方案，一同虎视眈眈而又小心翼翼地捕捉千年虫，一同落实了强化内部管理的种种措施，一同接受了财政部的财务大检查……管理严了，制度全了，漏洞补了，案子没了。说起来，并没有什么值得炫耀的业绩，都是我们应尽的职责；也没有什么闪光的亮点，都是会计工作的一段历史。我们只不过比前人走得快了些，跟上改革开放的步伐就是了。

现在，当我提笔写下这篇文字的时候，我去意彷徨。不是迷恋这个职位的权力，而是无法舍弃这些善良纯朴的人们。无论外边的世界怎样光怪陆离，异彩纷呈，你们依旧独守着一份淡泊与安宁；无论别人怎样感慨世风日下，江河不古，你们始终执著于勤勉和谨慎。我的眼前，晃动着你们忙碌的身影，闪烁着你们深沉的目光。尽管我和你们之中的许多人素未谋面，但从中我读懂了你们的追求，你们的期待，你们的倾诉。并不是所有的人和事都值得记忆，唯有你们，我始终不忘。

此刻，一种挥之不去的感伤纠缠着我。心有多沉，告别的脚步就有多重。你们的沉默是一张无形的网，你们的目光把我挽留。千言万语，不知从何说起。谢谢你们接受了我，谢谢你们的帮助和支持，谢谢你们把我当做知心朋友。谢谢《金融会计》编辑部，把卷首语委托给我，让我们之间多了一个交流的渠道，也让你们了解了我。我们一起去思考，去憧憬，去面对。无论我们相距多远，请记住，在你们前行的道路上，有一双目光在无声地守望，有一颗心在虔诚地为你们祈祷。我会拜托一缕清风，捎去我的思念和我的祝福。

窗外，细雨霏霏，点滴都似离人泪。不必洒泪挥别，吟唱"莫听穿林打叶声，何妨吟啸且徐行"吧。不必折柳相送，细说："桃花潭水深千尺，不及汪伦送我情"吧！也不必置酒长亭，把盏"劝君更进一杯酒，西出阳关无故人"吧！悄悄地我走了，就如我悄悄地来。我挥一挥衣袖，不带走一片云彩。

新年致办公厅全体同仁*

全体同仁：

值此辞旧迎新之际，首先诚挚地祝愿你们和你们的家人身体健康、新春快乐。

回首一年来，办公厅在总行党组的领导下，各位同仁在自己的岗位上认真工作，完成了各项工作任务。特别是在搞好服务、加强管理、提高效率等方面，有了新的起色。一些同志敢于管理的精神，一些同志严肃负责的态度，一些同志劳而无怨的境界，值得我们学习和发扬。在此，我要感谢全体同仁的工作，感谢各司局、各单位对办公厅工作的支持和配合。

---

* 1996 年元月，作为办公厅主任的我，写给全厅同事。

新年之际，我们不会忘记杨自亮、刘亚东两位同志，他们在为社会服务 40 多年后，光荣退休了。我们也不会忘记所有在办公厅工作过的同志，正是所有这些人的共同努力，不断地推动着办公厅工作。

办公厅是这样一个集体：由 114 名同志组成，有 66 个工作岗位。感谢命运的安排，我们有缘从四面八方走到一起，成为办公厅这个大家庭中的一员。办公厅又承担着这样的职责：对内服务于行领导、各司局、各分行，对外联系着领导机关和各金融机构。我们的任务繁重，我们的职责重大。我们唯有更加努力地工作，更加认真地履行职责。

人在生活中是要有一种归属感的。工作之余，我们归属于家庭；工作时，我们归属于办公厅这个集体。在办公厅内，创造一种和谐、亲密、团结的人际关系，一种清洁、明快、愉悦的工作环境，是我们每个人都渴望、也可以做到的。创造这些，有时比设计一种制度还重要。制度是迫使人遵守的规则，而良好的关系和环境，是吸引人投入工作的动力。希望在办公厅工作的我们，都像一家人一样地团结，互相关心、互相爱护、互相帮助。妒忌、猜疑、怨恨、张狂、委靡是我们要摒弃的；尊重、信任、友爱、谦逊、振奋是我们要提倡的。我们要多看别人的长处，多为他人着想，增加集体荣誉感，彼此相互接受，开创一种新的风貌。

在改革大潮下，我们每个人都面临着不进则退的选择，面临着优胜劣汰的压力。这就要求我们奋起学习，深入钻研，主动探索，提高效率。我们不能满足于日常的工作，满足于现有的工作方式，不能周而复始、日复一日地重复昨天，尤其是在办公厅的工作还有许多不完善、还有许多方面要改进的时候。办公厅的每个同志都要主动研究改进自己的工作。首先，每个同志应熟悉自己的工作职责，岗位工作要求；其次，要对自己现在的工作，包括工作方式、工作方法、工作安排、工作联系等做深入研究，哪些方面不适应提高效率的要求，应当怎样改进，请大家提出来；第三，主动探讨还有哪些工作未开展，应当怎样开展，请大家提建议；第四，对于处长，我要特别要求你们，强化自己的管理，加强对全处工作的领导，全面提高自己的业务能力。

团结、互助、友爱，是办公厅最需要的风貌；活力、质量、效率，是办公厅最需要的品质；踏实、认真、负责，是办公厅最需要的作风。

让我们共同来创造吧！

故乡情

浪迹天涯，四海漂泊的游子，无论走到哪里，都无法割舍对故乡的眷恋和一往深情。

北国江城是我的故乡，那是一座依山傍水的城市。冬季白雪皑皑，银妆素裹；夏天青山染黛，树影婆娑。松花江如玉带般绕城而过，北山、望云山、龙潭山绵延逶迤环城盘踞。我在这里出生，在这里长大。曾在温煦的阳光里徜徉，曾在猛烈的风雪中跋涉。夕阳西下，我在湖边垂钓；沐浴晨光，我在林中读书。倾盆大雨，浇铸了我的性格；凛冽北风，磨砺了我的意志。故乡，埋藏了我的童年时光和青春岁月，也埋藏了我的经年往事和心路历程。

十五年前一个春寒料峭、星光稀疏的夜晚，我离开故乡只身来京。京城的繁华、大都市的喧嚣、晋升的荣耀，始终无法掩盖我对故乡的思念。我时常出神地凝望东北方向，脑海中浮起了尘封旧事，也常常在梦中走进往昔时光。我想回到家乡，在松花江里濯足，让清凉浸润浮躁；想在山坡草丛间躺卧，让慵懒放纵繁忙；想和亲友相聚，让笑谈驱逐烦恼；想去北大湖踏雪，让风儿把心事刮得无影无踪。

带着企盼，回到了故乡去找寻以往，以往已如梦如幻。阳光里弥漫着淡淡的乡愁，微风中飘散着熟悉的气息。我睁大了眼睛，去看，去辨认，记忆被发展扯成了碎片。老房子拆了，小胡同变成了通衢大道。老邻居搬迁了，儿时的伙伴，不见天真和顽皮，人生之旅让他们多了几许沧桑，我的心也多了几许苍凉。"变了！""找不见了！"我喃喃自语，我感慨时光。不变的是故乡的习俗，依旧是大口喝酒，菜盘子摞在饭桌上；依旧是豪爽大方，哪怕是待业下岗；依旧是管理粗放，虽然有了现代化的模样。

回故乡吧！那种恍然如梦的情最真，那种魂牵梦绕的情最切。

写在毕业前夕 [*]

就要告别了，

亲爱的母校。

心头，

一缕淡淡的思绪，

在时时萦绕。

亲爱的母校，

记得最初的那些日子吗？

多少美好的憧憬，

多少热烈的希望，

---

* 本文写于 1982 年 6 月 24 日，吉林财贸学院二宿舍二楼 222 室。毕业在即，感怀万千。时学生会征文，最后一次以学生身份投稿。对母校、对于学习生活的依恋之情，慨难述之。

多少奇妙的幻梦，
和我们一起哟，
扑进了你的怀抱。

新的生活，
就这样开始了。

清晨，红日东升，
一支支队伍，
在斯大林大街两边奔跑；
夜晚，繁星满天，
一扇扇窗户，
千百只灯光闪耀。
春天，春雨淅淅，
老师，在知识的田野上
耕耘播种，
我们的心田，
生长着绿色的小苗；
秋天，果实累累，
我们挥镰收割，
老师的脸庞，
闪露出幸福的微笑。

当雪花片片，
落在老院长的肩头；
当白发悄悄，
爬上老教授的鬓角；
当汗水点点，
湿透清洁工的衣襟；
当煤灰纷纷，
飘进锅炉工的棉袄。
我们的生活哟，
融进了多少人的心血
和多少人的辛劳。

这是怎样的生活哟，
热烈而又美好。

操场上，
印着我们奔跑的身影；
校门旁，
长着我们栽下的树苗；
大楼下，
埋着我们奠基的青石；
阅览室，
睡着我们翻过的书报。

林丛间，

　　传来我们朗朗的笑语；

大厅里，

　　滚过我们高歌的浪涛。

教室的静谧，

食堂的喧闹，

沉睡时的梦呓，

追打时的嬉笑。

我们的生活呦，

　　飘荡着花的香，

　　闪现着光的热，

　　翻涌着歌的潮。

呵！这一切都已经逝去了。

只有我们不断的怀念，

只有我们深沉的回想，

和着我们轻轻的叹息，

弹奏起一曲

　　思恋的咏叹调。

呵！

别了，母校！
再一次地踏上，
　你的台阶；
再一次地走过，
　你的小道；
再一次地聆听，
　你的教诲；
再一次地凝视，
　你的容貌。
　在我们记忆的屏幕上，
　　母校的形象，
　　　青春不老。

呵！
　别了，母校！
今天，我们庄严地
　告别了你，
明天，
　当东天上彩霞高挂，
那将是我们
　感怀的捷报。

热茶氤氲的时候[*]

五年前，银杏树叶子黄了的时候，我去台湾；回来时，银杏树的叶子落了一地，阳光下，一片金黄。今年，银杏树叶子黄了的时候，台湾朋友来；到走时，银杏树叶子会落，也会是阳光下的一片金黄。

五年前，在台湾，在圆山饭店昆仑厅，在回请晚宴上，我对朋友们说："我要回去了，回到北京，冬日渐临，我在家里，手捧热茶，热气氤氲的时候，我会回忆在台湾的点点滴滴，想念各位朋友。这样的回忆，让冬日更加温暖。"五年来，我的每一个冬日都温暖如春，那是朋友们的情谊包裹着我。而且，不仅

* 本文写于 2010 年秋北京。这是应台湾台北金融发展研究院邀请为纪念两岸金融学术交流 15 年而写。

在家里、在办公室、在出差的飞机上、在对异国的访问中，我都会回忆，都有温馨和甜蜜。

五年前，在台北，在中华经济研究院的国际会议厅，研讨会茶歇的时候，台湾媒体的朋友们常常围着我问这问那，我也会主动问他们："弄到什么新闻了？"他们只是笑。或者，我考记者，用脑筋急转弯的古怪问题，他们答不对或答不出来，当我把答案告诉他们，他们又会笑弯了腰。在研讨会闭幕式的致辞中，我说："我还想对台湾的媒体说，连日来，你们很辛苦，想捕捉新闻。我要告诉你们，除了这个大厅里发生的故事，再无新闻。但刘德华在'黑蝙蝠中队'这首歌里，有句歌词唱的是'有些话三十年前说不出口，有些话三十年后也说不出口'。"台湾媒体的朋友们看到了我严肃外表下丰富的内心，写了"马德伦·热情藏在严肃里"的文章登在报上，并把报纸装潢后送给我。于是，这个镜框就一直挂在我的办公室，成为我炫耀的资本。

五年前，不仅在台北，不仅在高雄，在阿里山，在日月潭，在……我们看山水，看市井街巷，看随处可见的亲情。我曾一个人早上去街市和菜贩、肉贩聊，在山里和茶农和青年聊。不仅在金融界，在学术界，在我们去过的每个单位，我们觥筹交错，推杯换盏，交谈甚欢。那种无拘无束，那种亲切自然，那种热情洋溢，让我只能对朋友们唱到："多谢了，多谢四方众乡亲，我没有好茶饭，只有山歌敬亲人。"

两年前，在北京，第十四届研讨会闭幕时，我见到了那么多朋友，我致辞。晚宴时，朋友们赠我小锦旗，我发表答谢感言。祝酒时，朋友们眼噙热泪，语音哽咽，我也情不自禁。会后，知道几位朋友还要逗留两日，就在周末晚上，聚在北京金融街的"太公鱼馆"。

一年前，虎年春节将至的时候，周吴添先生寄我贺卡，上面只有一句话："因为有你而不同"七个字，让我兴奋地炫耀，朋友们的认可是最好的评价。还有，汶川地震时，周吴添先生来信中表达的关切和台湾重建经验的介绍；我升职时，台湾朋友的祝贺，今年4月28日，和周吴添先生在杭州西子湖畔香格里拉饭店早餐时的不期而遇……

还有呢，十二年前，也是银杏树叶子黄了又落的时节，我第一次去台湾参加第五届研讨会；十五年前，炎炎夏日，在北京华侨大厦，第二届两岸金融学术研讨会呢？还有那么多次我间接参与的两岸金融的新交流，直接参与的两岸工商界的交流活动呢？

还有……还有许多。

交往了，认识了，熟悉了，就回忆，就思念。思念之苦，让我对时空的浩渺无奈，对地理的距离无奈。

但好在有记忆，有心，可以跨越，可以感应。

为什么，每次的相聚和别离，都在暮秋初冬的时光？我问自己，是因为秋的收获，秋的孕育，秋的积淀？

为什么，要在这样的季节相聚和别离？我望窗外，秋草枯，秋草黄，秋水瘦，秋水长，绵绵寂寥复惆怅。

今后，卸去公职的岁月，我会有更多的时间回忆。在家中，热茶氤氲的时候，从窗前向远方望，我的目光会掠过北京的楼群，掠过高空漂浮的云，一直向南。

在太太退休时写给太太[*]

一、充分认识退休后的种种改变

1. 生活重心：从工作为主到自我度过时光和家务；

2. 生活场所：从办公室到家庭；

3. 时间支配：从被动到主动；

4. 心态：从迎接每天的到来到感觉老之至矣；从被人簇拥到渐被冷落；

5. 衣着：从选择不定到随随便便；

＊ 本文写于 2010 年 7 月。太太就要退休了。想一想，一个工作一生的人，一生工作中都和学生在一起的人，我禁不住，就写了这些，衷心祝愿太太的退休生活快乐。

6. 生活环境：从人来人往到一个人面对；

7. 生活节奏：从急匆匆地按部就班到自由自在的随意。

二、保持积极乐观，追求不改的心态

1. 永不言老；

2. 不因为退休而放弃追求；

3. 对任何事物要看得惯，不抱怨；

4. 心静至虚无；

5. 对新鲜的事物依然关心和了解，继续探究；

6. 依然在意自己的形象，无论衣着还是形体；

7. 寻找新的乐趣。

三、保持有规律的生活

1. 规划好自己每天的作息安排，保证自己依然在有条理的状态下生活；

2. 生活节奏可放慢，心情放松，但不能放纵自己的懒惰；

3. 思考的时间可以拉长，但户外运动必不可少；

4. 尝试学习新知识或新技能并坚持不辍；

5. 和同事、学生主动联系和多交流；

6. 家务劳动不能替代运动；

7. 旅行是一定要有的。

致贾晓峰[*]

我在 2006 年 11 月 29 日回国途中，经过新加坡。吃过午饭，还剩几个小时的时间，就让导游带我回到了红山景，回到了 Block 112。那座楼因为粉刷油漆，已搬空了，我无法进入。楼下的信箱还在，当年，我们常常打开信箱，常常在盼望后失落。信，那时是我最感安慰的唯一源泉。楼下的小卖店也紧紧锁着，不知那个小老板是否已搬走。他的儿子，当年刚升入中学的少年，如今也应年近而立了。

我们经常去买菜的巴刹已整修一新，因是下午，

* 本文写于 2006 年 12 月 3 日。贾晓峰：原在总行计划资金司工作，1990 年 12 月 21 日至 1991 年 12 月 21 日，和我同在新加坡金管局研修一年。那一年，我们拿着留学生的费用，住在新加坡政府组屋红山景 Block112，费用的拮据让我们也能省之又省。我每天都盼望收到家人的来信。

119

未见人影。西边的那一排组屋底座的门市房，原来的小超市已不在，原来的服装制衣铺也换了，似乎只有原来的药房还在。

楼前的台阶布满了落叶，石桌石凳也重新修过，修饰成树墩的形式，用水泥制作了树皮。

人去楼空，回首以往岁月，感叹时光飞逝，我心凄凄然。

致卜郁首席代表[*]

卜首代并夫人：

结识你们并成为同事是我的幸运。在纷纭的环境中，我们还保有坦诚和热情真的难能可贵。每个人成功的标志不同，官职不是唯一的，体面、尊严、个人修养、才华在很多时候比官职还重要。有的人怠之，有的人释然，岁月无情地带每一个人到老。

新年，好心情、真快乐、健康、平安才会相伴。

祝愿你们快乐、平安。

＊ 本文写于 2007 年元旦。卜郁：总行国际司工作，时任驻非洲开发银行首席代表。

致友人的信*

　　您好。信和礼物均收到。虽寥寥数语，然兄之心情，已可知之。您对我的关爱，让我心头一热，您的心情，我亦理解，读罢，也是感慨再三。

　　此次赴赣，是为参加货币金银工作会议。原来未打算去，后货币金银局唐双宁局长再三邀请，却之不恭，才定下来。周日下午到，周一即上井冈山，周四中午返回南昌，当晚回到北京。周日晚，和钱行长一起吃饭时，聊到了您。这次来去匆匆，未能见面长谈，于我也是一大憾事。从感情上来说，我们都在一个系统工作时，联系多，也颇能谈得来，而您的为人，我

＊ 2000 年 1 月，写给在人行江西监管办的一位同事。

十分敬重。从个人角度看，我十分理解您的心情。岁月无常，机构改革使许多人的人生之路发生了变化，这也是我们个人始料不及也无力抗拒的，看来只好认命。说起来，许多中国人不信别的，对命运却不能不信。总感到冥冥之中，人生的一些事情已经注定了的。当然，每个人都在拼搏，为的就是改变命运。我了解您，做事勤勉，为人忠厚，知识面广，又十分钻研，一直在不停地努力寻找机遇。但机遇并未掌握在自己的手里，也不是完全靠自己的努力，特别是在一个竞争规则紊乱的环境下。这往往让人感到悲哀，感到不平。人们常说，哀莫大于心死。我以为哀莫大于心不死。我们要干事，要努力，倘若一切不闻不问，听之任之，得过且过，岂不也能自得其乐？

我也十分怀念在办公厅工作的时光。那时候，工作确实太累，但人忙起来，许多烦恼、人事纠纷也无暇顾及，每天只是有干不完的事而已。现在换了环境，工作不那么忙了，工作性质又大不相同，放在第一位的不是劳累，而是管理上的头疼事。这些，又是始料不及的。离开办公厅的时候，我说了这样一句话：世界是个大舞台，人人都有上台的时候，也都有下台的时候。世事也真是如此。离得远了，看得少了，心倒也静了。

有了电话方便之后，人们相互间的联系多了，交谈也多了，但电话往来于我总是不方便。电话中聊聊家常可以，问候饮食起居，亲朋近况，却无法深入交谈。写信却不同，写信可以写情况，更多的是写自己的感想，写自己内心深处的东西。也许我仍然不合时宜。现代社会，生活节奏大大加快，竞争也日趋激烈，人们哪有那么多时间去体会、发掘内心呢？我们还属文人，而且是典型的中国传统文人。居庙堂之高常忧其民，处江湖之远常忧其君，是永远解不开的情结。

不知何时能来京一叙？下次再去，一定提前告知并安排时间见面长叙。

匆匆住笔。

祝好。

给小嘉伊*

小嘉伊：

你真的很小。当我给你写下这篇文字的时候，你还是襁褓中的婴儿，是一个只有一个月又三天的婴儿。

你的降临，给你的父母带来了意想不到的喜悦。记得去年（2005 年）的某一天，你父亲告诉我："陈岩怀孕了。"他说的时候，有些激动，也有些惶恐，但还有高兴。毕竟，这可以说是你父母一生中最重要的事情啊。从那以后，我时时从你父亲那里，听到关于你的情况。

---

* 本文写于 2006 年 4 月 17 日，王靖国是我在人民银行工作时的秘书。他妻子怀孕后，把这些故事讲给了我。我利用一个会议的间隙，给他的女儿，只有 33 天大的女儿写了这封信。

"陈岩去医院检查了,一切正常。"

"有胎动了。"

"陈岩说,她看书了,书上说,不能下厨房,孕妇不能闻油烟味。"

"胎位有些不正,我们准备剖腹产。"

"医院联系好了。陈岩家的一个亲戚在北京妇产医院。"

"已经定好了。医生让提前去医院,我们再等等。"

……

从那以后,你成为你父母生活中的中心、重心和核心了。你父母为你的到来,做了多方面的精心准备:

你母亲买了一大堆书,在研究并按照书上的要求去实践;

该怎样培养你,父母之间有了许许多多的设想;

谁来照顾婴儿时的你和你的母亲,父母之间讨论了许久。你的爷爷奶奶要来,你的姥姥姥爷也要来。最后是你的姥姥先来了,在你出生之前的几个月就来了。

你父亲给你和妈妈提前请好了一个"月嫂"。"月嫂"是一位四十多岁的北京郊区妇女,有经验,月薪是2800元人民币。这份工资是当时你父亲月收入的一半多。

你父母在城里海淀区西八里庄租了一套房子，为的是减少你妈妈上下班的奔波之苦，使你更好地成长；也为了在生你时方便和医院的联系。

父母买来了婴儿床，朋友送来了婴儿车。

……

当然，还有许许多多的事情，为你做的准备，为你的到来所做的隆重而细致的欢迎，我是不知道的。我知道的这些，都是你父亲在工作的间隙告诉我的。

从知道你母亲怀孕时起，我相信，他们始终在猜测你是男孩还是女孩这一个重大问题。我也问过你父亲多次，你父亲告诉我的是："不知道，也许陈岩知道，她去做 B 超，回来后我问她，她说不知道，多半是女孩——90% 吧，让我有心理准备。也许她知道，让我提前有思想准备。也许她这么说，是想给我一个惊喜。"

"你是不是更喜欢男孩?"我问你父亲。

"我无所谓。我父母希望是个男孩，因为我是家里的唯一男孩，父母当然想要男孩了。"

我相信，你父亲说的是真话。在日常的交流中，在读过硕士学位的你的父母的观念里，对于自己的孩子是男孩或女孩，已经都一样看待了。但你的爷爷奶奶的想法也是真的，是可以理解的。他们想要的是王家的血脉相承啊。

在你还没有出生的时候，在还不知道你是男孩女孩的时候，父母就商量着给你取名字了。在怀孕最后一段的时间里，你母亲休假在家，就开始翻书，琢磨你的名字怎样又有意义，又好听，字也好。

你父亲告诉我："陈岩翻了论语，看到'见贤而思齐焉'这句话，觉得挺好的，准备给小孩起名叫'王思齐'。"

我和你父亲出差去浙江杭州。浙江的城市"宁波"、"嘉兴"，引起了我的思考。路上，我对你父亲说："可以叫'王嘉宁'，表示王家安宁。这个名字可男可女，也还好听。"

又一次出差，那时离你出生还差十余天吧，在去北京机场的路上，我坐在车里（车子是奥迪 A6，1.8T。车号是京 JD1983）对你父亲说："'若'字和'晗'字用在女孩的名字上都挺好。"说过这话，我就有些后悔，"为什么这时我想的是要起个女孩的名字呢？为什么不起个男孩的名字呢？也许我这个名字，就预示了是个女孩？"

4 月 10 日凌晨，在从马德里飞回北京的航班上（这一次，我和你父亲去科威特参加"伊斯兰金融服务委员会全体会议"，会后我们访问了约旦中央银行。然后，我们去巴西参加泛美开发银行年会，会后访问了阿根廷。在从布宜诺斯艾利斯到马德里时，我们在马德里市区转了4个小时。从马德里登上飞北京的航班，是北京时间4月9日23时）。我们在长长的近11个小时的航程中，均无睡意。我们讨论起你的名字。你父亲说，你母亲觉得"王思齐"这个名字不好听，而且有许多人用了，请老师再想想起什么名字好，居委会催我们上户口了。

我在飞机上想了想，仔细地想，想了很久，想了多久我不知道，最后想到了"怡"，从"怡"又想到了"伊"字。我觉得"王嘉怡"或者"王嘉伊"更女性化，就把这两个备选的名字告诉了坐在我身边的你父亲。你父亲觉得都挺好，他更倾向于"王嘉伊"。他数了一下笔画，是双数。他说："我爷爷给我起名字时，要的笔画就是双数"（我数过，你的名字是24画，且每个字的笔画都是双数）。

（2006年）4月12日，我问你父亲："名字起好了吗？"你父亲说："回去和陈岩说了，她觉得'王嘉伊'好，就这么定了。"这时，你父亲很高兴。

你喜欢这个名字吗？你能体会到父母、你的亲人、所有关心你的人对你的爱吗？尽管名字只是一个人的符号，但父母、所有关心你爱你的人，都把他们的祝福、他们的爱、他们的希望注入了你的名字之中。

你父母选择了剖腹产的生产方式。这是他们那一代人普遍采用的。提前一个星期多，医院就让你妈妈住进去，你父亲认为没必要，我认为那样也不好，到时候住进去也不为晚。拖了一个星期后，你母亲住进了医院。那时，我去海南出差，你父亲没有跟随，留下来照顾你妈妈。他在你出生后的当天上午，就打电话告诉了我，电话中有掩饰不住的激动和兴奋。许多人知道你父亲有了小孩，都觉得你父亲太年轻了，这么早就有了孩子。其实，你父亲在29岁时有了你，已不年轻。

而真正让他成熟的，是你的降临。在你出生后，你父亲问我："你有了马里后，是不是感到了压力？"

我反问你父亲，他说他有压力。

是你的成长让你的父母成长、成熟，让他们担起了为人父母的沉甸甸的责任和义务。

把这篇文字留给你，作你一生的纪念。

你这么小，就收到了一封信。可以说，这是全世界65亿人口中的唯一，是全世界年龄最小的收信人，可以上吉尼斯世界纪录了。

无题[*]

北方。五月。清晨。一夜风雨，摇落满地梨花一片白。一种凄楚的美丽，一丝无法拒绝的痛惜，一缕袅袅升起的春天里的秋意的悲凉。

它们的生命如此短暂。从孕育、花芽、花萼、花瓣、花蕊到开花，不过十几天，匆匆忙忙地、程序化地走过。来不及展示笑靥，来不及和蜂蝶嬉戏，就这样戛然而止地结束了生命的历程。它们的生命又是如此的脆弱，经不起风，经不起雨，经不起寒。哪怕是轻轻的风，细细的雨，微微的寒。在它们悄无声息地挣扎着飘落到地的一刹那，大地母亲，听到了它们沉

* 本文写于 2000 年 5 月，沈阳。

重的叹息。

　　它们并不甘心就这样地随风而逝。风起的时候，它们蜷缩起花瓣来抵挡；雨来的时候，它们借着叶片来躲避。只是，它们实在太弱小，太稚嫩，这些即将零落成泥碾作尘的弥留的生命，这般无助的抗争，除了凸显生的倔强之外，还赢得了文人墨客的同情和惋惜，让人感叹"无可奈何花落去"，徒然赞美"落红不是无情物，化作春泥更护花"。可是，那些依旧绽放在枝头的花儿呢？它们执著地固守着自己的使命，坚强地抗争着风雨，不管未来还有什么。也许还有更大的风，更大的雨，甚至冰雹、虫害；也许它们刚刚结出果实，就会被淘气的小子用竹竿打下来，咬一口，酸涩难吃就随手丢掉。他们不知道。它们只是默默地生长，用自己轻盈的身体压住摇曳的枝条，不去碰碎浅浅的春日阳光；它们依然清新亮丽，明明朗朗地滋长着笑容，不去破坏浓浓的春天形状。

　　在寥寂中，生命和美丽和奉献一同延续。

但愿人长久

中秋节的夜晚，一轮圆月缓缓地爬上中天，清冷的月光洒满了大地。万籁俱寂，夜色沉凝。在这样的夜晚，这样的时刻，你在想什么？

你也许想起了童年时，妈妈给你讲的月宫里的故事，那时，你看月亮，仿佛能看到嫦娥和玉兔，想象出嫦娥在那高高的天上的孤苦无依的心情。

你也许想起了从前，你还是莘莘学子的时候，校园里的中秋之夜。操场上燃起了堆堆篝火，你们唱啊，跳啊，读书的辛苦此时全都抛在了九霄云外。

你也许想起了那一年的中秋之夜，你和情侣漫步在江畔，杨柳依依，情话悄悄，你们勾勒着未来的共同生活。为了不惊扰你们，月亮此时也自觉地躲进了云层里。

你也许什么也没有想。小院里,葡萄藤下,阳台上,摆上了一张小桌,摆满了瓜果和月饼。温柔的妻子坐在一旁,可爱的小女儿偎在怀里,缠着要你讲故事,一幅"赏心乐事谁家院"的图画。

你也许正和三五高朋在一起,觥筹交错,高谈阔论:"滚滚长江东逝水,浪花淘尽英雄"。月光使你的脸色益发红润,酒兴也许和诗兴一样勃发。

中秋之夜,你也许想了很多,也许什么也没想。面对如烟往事,面对纷繁人生,依旧坦然和从容。当生活的节奏变得越来越快,竞争的压力又催促我们,光怪陆离的世界又诱惑我们的时候,我们控制自己的理智,就能把握自己的人生。倘使欲望和压力冲破理智的闸门而倾泻,不能自己,就容易跌落。

人生旅途的朋友,请多珍重。

在石河村的讲话[*]

石河村的父老乡亲们，你们好。

我离开这里已经是三十三年两个月零三天了。1971年7月29日的清晨四点多，我一个人走出这个村子，迎面碰上的是寇兴的妹妹寇淑琴，然后我到了公社就乘汽车永远地离开了这里。三十三年多来，我心中始终想念着你们，多少次梦中回到了这里，回到了石河村，而且是夏天的田野，冬天的山村，都在我的梦中浮现出来。应该说三十三年多来，无时无刻，无论我在哪里——在吉林、在北京、在中国、在外国，我都始终想念着大家，想念着各

---

* 2004年9月30日，我带外汇局的年轻同事来到我插队的吉林省舒兰县新安乡石河村。这是我第二天在和全村老乡见面时的即席讲话。无须写，也没有腹稿。这些话，一直缠绕于脑际，见到了乡亲们，就如村前的石河水，哗哗地流了出来。

位父老乡亲，想念着石河村的一山一水、一草一木，想念着我在这里度过的每一天。

石河村是我踏上社会的第一站。1968 年 12 月 6 日，当张凤山、于积德赶着马车到上营火车站去接我，我知道我人生的新的一页开始了。那一天，是一场大雪后，50 多里的山路我们大部分时间是在走，雪化了，路非常滑，棉裤裤脚都湿了。进到村子，我记得张树林（张树林来了吗?）当时在院子里给我们劈柈子；然后杨队长拿来了一些排骨，因为我们应该早几天来，所以排骨已经买了几天，那个时候没有冰箱，排骨已经有一些味道了，这是我在石河村吃的第一顿饭。住在毛振秋老人家的房子里，我们六个男同学挤在一铺炕上，从此开始了我在石河村的生活。

在这里，我向你们学到了很多很多。你们给了我很多很多最宝贵的东西——你们让我看到了中国社会最真实的一面，你们也让我看到了中国人性中最真诚最感人的一面。当年，两年零八个月的日子，应该说是非常艰苦的，但是现在回想起来，我在这里学到的一切是我一生取之不尽、用之不竭的。你们吃苦耐劳的精神，让我学会面对一切困难；你们坚韧不拔的精神，让我在任何时候都想到要奋斗；你们生活的艰苦，让我在任何的岗位上，都想着要对你们负责，要为你们多想，要为你们服务。

这一次不光是我自己要来，还要带局里年轻的同志来，而且带的这些同事都是在城市出生的、没有到过农村的。他们受过很高的教育，有很好的前程在等着他们。我带他们来这里看，看中国农村真实的状况，看中国农民生活的原生态。我想，这会让他们始终记得，无论在任何时候，在任何岗位上，我们都要践行"三个代表"重要思想，要去代表人民的利益，要为人民谋福利。这就是我带他们来的目的。

但是我想，今天我的同事们跟我来的时候，他们的感受和我当年是不一样的。他们看到五花山，山清水秀，想到的是这里的空气新鲜，而当年我没有这个感觉，我想的是我家在几百里之外，什么时候能离开这里；他们看到蛤什蟆①觉得很新鲜，吃的玉米面觉得很好吃，而我们当年吃苞米面②其实是不爱吃的，今天他们是作为改善生活来对待的；他们想三天的时间不够，我当时来了之后说，我不知道我要在这里待多长时间。这是我当时真实的想法，所以刚才有的社员说，"你在这也没有搞对象"，我确实没有这个想法，我不能留下来。应该说吃苦的精神，对这里的适应还没有准备好。

乡亲们，真的非常想你们，来到这里看到你们的

---

① 蛤什蟆（ma）：学名林蛙。
② 苞米面：即玉米面。

生活发生了变化，看到了你们健康地生活着，我心里就高兴。但是一路上我也在数，有多少当年和我一起劳动的人，已经永远地离开了。3 年前我曾有一个短暂的时间回到这里，但是 3 年后再回来，谷林去世了，李国秋去世了，老付大婶也去世了，仅仅是 3 年的时间又有这些人离开了我们。30 多年前，还是小孩子的人，现在已经快要步入中年或者是老年。金锁当年还在读书，现在我看到他，他已经比当年他的父亲年纪还要大。他父亲李国秋是一个非常能干的看水员，上山伐树的时候，他父亲是一个人放树的，自己拉着一个刀锯。现在，所有这些回忆对我来说，是一种幸福，是一种快乐。我希望我们大家的生活过得更好。石河村还面对很多的困难，但是有我们的精神在，有我们的人在，有我们的后一代在，有我们的乡和舒兰市的领导在，有大家同心协力地去努力，我们未来的生活一定会更好。

我们今天来这里，带了一点我们小小的心愿。这些心愿永远表达不了我对你们的感情，也表达不了我的同事们对你们的感情。我只是希望今后大家无论在任何岗位上，都为了我们的国家、为了我们的人民去努力。我们大家的未来一定会更好。

想说的话非常多。今天天也凉，我不忍心让大家在外面挨冻，之后要到一些老乡家里去，那个时候我们再细聊。谢谢大家！谢谢！

和你们不同*

你们，是一群匆匆而来又匆匆而去的观光客，新鲜、好奇，浮光掠影地走近；

我们，是一批别无选择又义无反顾的殉道者，从容、悲壮，一下子扎进了农村。

你们，飞机、考斯特、越野吉普，一路上浩浩荡荡；

我们，星星、寒风、积雪、火车爬行，马车颠簸。

你们，京城—省城—舒兰市—新安乡，迢迢1200公里路程，10个小时；

我们，凌晨离家，火车、马车、徒步，区区150公里，13个小时。

* 从石河村回来，我的年轻的同事依然兴高采烈。我有许多话要说，就写了这篇文章，在外汇局局内网上发表。

你们，离家有人送，到达有人接，有少先队员列队欢迎，有热烈，有浓郁，还有酒；

我们，一个人离家，火车在小站的一声鸣叫，抛下我们在空荡的山里，留给我们离愁、孤独、寂寞和迷茫。

你们，兴高采烈一路，欢歌笑语荡漾，憧憬想象弥漫；

我们，默默无语地走，漫漫山路，竟无一句话，只有马蹄声、车老板的吆喝声。

你们，浪漫地看山，五彩斑斓，层林尽染，美不胜收；

我们，远山近山，崇山峻岭，"西北望长安，可怜无数山"。

你们，看村落，看田野，看小桥流水，看蓝天高远，看炊烟袅袅，田园风光，如诗如幻；

我们，栖息农舍，劳作田野，面朝黄土背朝天，对于我们的眼睛，"不是缺少美，而是缺少发现"。

你们，看立在墙边的一排农具像是出土文物，听农民抬木头的号子声就像流行音乐；

我们，这些农具是当年不可一日离手、离肩的，抬木头的号子是压迫下的呻吟。

你们，爬左石山，摘野果，捡核桃，采蘑菇，体会山村野趣；

我们，蹚着没膝深积雪，伐木头，清林子，倒套子，只为生存。

你们，新安乡三天时间里，顿顿鸡、鱼、肉；

我们，插队三年的 1000 天，有肉的日子有几天？

你们，看乏了，走累了，有热气腾腾的饭菜，有热乎乎的炕头；

我们，干完活回来，锅是冷的，炕是凉的，屋子是寒的。

你们，快乐地来，快乐地走，只有淡淡的回忆随风飘逝；

我们，沉重地来，沉重地离去，就有永远无法割舍的情愫。

你们，梦中不会有石河村，那山、那水、那路、那一村人；

我们，梦中常常遇见乡亲，梦中呼喊着石河村，醒来的心一阵阵悸动。

你们，是命运的宠儿，被呵护被眷顾，就这样欣欣然地一路走，从校门到机关大门，居庙堂之高；

我们，在历史的潮流中挣扎人生，颤巍巍一点点地过，激流浅滩，风口浪尖，处江湖之远。

对于你们，我们没有妒忌，没有不平，也没有暗羡。比较，也不是让你们回到从前。只是捡拾起不同的历程，让我们的心路多一层茧，多一份磨炼，就多一份爱——给我们的父老乡亲。

回望昨日在异乡那门前*

不是为了找回逝去的记忆，也不是为了追寻渐远的行踪；不是因为曾经的岁月，也不是因为挥洒的青春。我就是想回去，想回到石河村，看望那里的父老乡亲和 33 年后他们的生活。

我从垄上走过

天气阴沉沉的，风很凉，雨在下。车窗外，不时闪过三三两两的农舍。路两旁的田地里，没有一个人影，玉米已经被秋风抽走了生命的活力，在风中无助地摆动枯干的躯体，稻子也低下了头等待收割。没有

---

* 局里同事都关心石河村的变化，我把 33 年后他们的生活、环境，写了写，希望更多的人了解他们。也同样在外汇局局内网上发表。

车水马龙，没有霓虹闪烁，只有苍茫和寂寥，一如我当年的心情。

同行的人已经睡了，我的思绪却在秋风里翻卷。36年前，命运把我抛在了这个小山村，让我结识了石河村的乡亲们。从此，在我的梦境里，在我的魂魄中，在我的心灵一隅，在我的脑海深处，就永远地留住了他们。我的目光离不开他们，我的思绪离不开他们，我的心离不开他们。春寒料峭的时候，他们开始往地里送粪了吗？烈日炎炎的日子，他们还用薅水田里的草，头上盘旋着一群群小蚊子吗？秋天，他们今年的年景怎样？冬天，他们是否顶着寒风，在雪地里跋涉去砍伐树木？我常常在想，也常常在问。我托天上朵朵的云，捎去我的思念；我托缕缕轻轻的风，带去我的问候。

那是一种怎样的力量啊，把我的心系在这里；那是一股怎样的情愫啊，让我的思想依偎着这片土地。是在那个绝对贫穷的年代，他们的贫穷震撼了我？是他们的善良感动了我？是他们可以和天抗争，却无法和命运抗争的无奈刺激了我？是他们的淳朴迷住了我？是他们的落后唤醒了我？我不知道。我只知道，我不是慈善家，更不是救世主，也谈不到高尚，我的根在那里啊！

车队驶进新安乡，离石河村越来越近了。夜幕已经降临，雨仍然在下。路旁有社员穿着雨衣，一手打着手电，一手攥着口袋，走来走去地在抓从山上蹦下来的"蛤什蟆"。当年的这个时候，乡亲们是披着塑料布，提着燃烧的松树根的火把抓"蛤什蟆"的。30多年过去，从塑料布到雨衣，从松树根到手电筒，难道这就是他们的变迁？

我从垄上走过，心中一片秋色。

平凡的人们给我最多感动

在石河村口，我和迎出来的乡亲们相遇了。

那伸出来紧紧相握的一双双手，依然粗糙、干硬，布满了老茧，皲裂着。那一张张脸庞，依然是日日被山里的风、田里的风吹着，吹成黝黑色、古铜色。他们的身材依然消瘦、强健。那是我们无论怎样在度假的海滩上都晒不出来的，无论怎样在健身房里都炼不出来的啊。

在黑压压的人群中，我努力寻找当年石河村第三生产队的人们。那时，三队有 30 户人家，几十个壮劳力，我们每天日出而作地在一起，我现在依然清楚地叫得出 30 户人家户主的名字。如今呢？当年 35 岁以上的劳力中，只有于富、钟万有和李玉还在，老队长、车老板、牛倌、豆腐倌、看水员、打头的，一个个离我们而去了。而他们的后代，于臣、李俊、小安子等，不仅到了当年他们父辈的年岁，而且形态、动作也都像。我默然，在心中说："但愿他们的命运不再相同。"

墙边摆着一排农具，像出土文物，让年轻的城里人参观。犁铧、拉锹、连枷、二尺钩子、蘑菇头……千百年来，就这样代代相传地使用着。"扶犁、点种、扬场、簸簸箕"，当年乡亲们认为最具技术性的农活，依然是他们引以为豪的看家本事。

乡亲们争着抢着，把我的年轻的同事拉到家里，让到热炕头上。他们端来了山核桃，端来了炒木耳、炒蘑菇、炒鸡蛋、蛤什蟆炖豆腐，倒上了老白干，没有鸡鸭鱼肉。院子里啄食的鸡，河里嬉戏的鸭，圈里哼哼的猪，那是他们的银行啊。

从山上下来，乡亲们在地头拢起了火堆，为我们烧苞米，烧毛豆，我们兴高采烈地吃着说着。我们把带来的巧克力、苏打饼干、月饼送给乡亲们，他们小心翼翼地吃着，掰开月饼，看到还有蛋黄，不禁发出了"啧啧"声。

山里的夜晚好冷。乡亲们把家里最好的棉衣拿来，围在我们的身上，而他们自己，裹紧了衣服、抄着手，挤在一起看演出，看焰火。他们祖祖辈辈生活在这里，从来没有见过焰火啊，一位老人说："这辈子没白活。"

和乡亲们聊，他们细细地算地里、山里、院子里能出多少钱，一年的收入会怎样，哪些开支必不可少。算来算去，还是所剩无几。聊到今年的政策，农业税免了，种粮，种子和化肥补贴直接发给了农民，一亩地多了100元。乡亲们很知足，向我们说："你们能见到胡锦涛吗？给他捎句话，我们拥护他一万年。"

直面乡亲，就有永远的感动。

我们对着大地说

"石河村变了吗？"我在心里问自己。

"那儿农民生活变化大吗？"回来后遇到的人问我。

石河村哪些方面变了呢？

绝大多数的乡亲，告别了土坯房、茅草屋，建起了铝合金玻璃窗的砖瓦房。虽然，仍有一些人住在风雨飘摇的茅草屋里。

绝大多数的乡亲，不必再为吃饱肚子发愁了。良种的推广，化肥的施用，现在玉米、水稻亩产千斤不成问题，尽管人均只有1.54亩地，打下的粮食也是够吃了。

几乎家家户户都有了电视机，虽然是在山里，也能收看十几个电视台的节目。一部分乡亲家里还有了电话。

年轻人的衣服花色多了些，上了年纪的乡亲们穿

着依然破旧，当年一件衣服穿在身无法换洗的窘况不
见了。

这些变化看得见。

"乡亲们家家都有存款吗？能有多少？"我问村
长。寇兴说："那可不能。好多人家还是没钱，有的
人家也就三百二百的。那些有人在外边打工的或者读
了书工作的，家里钱会多一些。"

于臣说："现在干活乏了，回家可以喝上二
两了。"

"喝酒有炒菜吗？"我问。

于臣犹豫了一下，说："有。就是炒个土豆丝啦，
有时炒豆腐什么的。"

"一个星期能吃一次肉吗？"我再问。

"那不能。"于臣老实回答。

是啊。300 多户人家的村落，只有 6 台冰箱。虽
然石河村离乡里不过 5 里路，乡里有卖鲜猪肉的。但
是，钱从哪儿来呢？

走进乡亲们的家，有的人家炕席换成了人造革，
地面铺上了红油漆地板，灶台周围砌上了半米高的白
瓷砖，但是并没有什么家具，几只木箱，里边放衣服，
上边码被褥，就是全部的家当了。电视机都是 20 年前
的老样式。还有许多人家，墙上糊着发黄的旧报纸，
厨房里是漆黑一片。

石河村是很美丽的。原先，村子前三条小河，河两岸是柳树丛展开的绿色的屏障，鹅卵石的河底，河水清清，哗哗地流向了远处。如今，乱砍滥伐带来了山洪暴发，河床冲宽了，柳树丛不见了，河边是一堆堆的垃圾。村子里的路依旧坑坑洼洼，下一点雨，就泥泞满地。架在小河上的依旧是独木桥，往乡里去的呼兰河上的水泥桥已残破不堪。

家家户户院子里的大酱缸，房檐下的辣椒串，房头的木柴垛，角落里的厕所，一如当年。

他们的生活方式没有改变，他们的生存环境没有改变，他们的谋生手段没有改变，他们的卫生条件没有改变，他们的观念意识没有改变。

午饭后，一位村干部问我们："我们现在的生活和城里差不多了吧？"

我愕然，但没有表现出来，也没有回答，我不知道他们说的是什么，也无法把我们的生活向他们描述，怕伤他们的心。

三天里，我每天都是鸡叫头遍就醒来，就和同睡一屋的村长寇兴聊。石河村山上的野果，河里的鱼虾，院里的菜蔬，流动的风，漂浮的云，高远的天，连绵的山，都吸引着城里人的胃口和目光，都是城里人最向往的自然和淳朴，也是这里尚未挖掘的财富。乡亲们可以办家庭旅游，把自家的住房拾掇干净，准备干净的被褥，另外还要会做多样的农家饭，当然要特别注意卫生。城里人来了，可以抓院子里的鸡、河里的鸭，摘架上的黄瓜、豆角，可以由乡亲们带着去上山，领着去钓鱼，这一切，都可以收费。每个双休日，就可以收入二百三百的。一年下来，几千元的现金就有了。要做的是把乡亲们组织起来，培训和搞好卫生，再宣传出去。

我想的也许很单纯，如果搞起家庭旅游，不仅增加了乡亲们的收入，也促使他们改变了卫生习惯、生活习惯，也交流了信息。第三产业和第一产业紧密结合了，乡亲们的生活方式、生存环境、谋生手段都会随之改变啊。

韦唯的歌声响在耳边："我们对着大地说，贫穷总会改变；我们对着黄河说，生活总会改变。"

我真希望，这是石河村乡亲们行动的合唱。

如果当年一不小心 *

如果当年一不小心，我被石河村招了婿，今天，当你们来时：

我站在黑压压的人群里，踮起脚，呆呆地看，傻傻地笑，木讷讷地自言自语；

我穿着破旧的衣裳，脚上是高筒胶皮靴，上面沾满了泥巴；

我两手粗糙，布满了硬硬的茧，裂开了深深的口，印着黑黑的缝；

我也许会有三间瓦房（或者是三间茅草屋也未可知），小院里鸡屎遍地，房檐下挂着辣椒串、玉米棒

---

* 在石河村时，问同去的外汇局年轻人，是否愿意留下来，无人答应。回来之后，就写了这篇文章。本文看似调侃，其实很辛酸，更沉重。

子，那可是明年的种子啊；

我把你们拉到家里，让上炕，像见到多少年未见的亲人一样，嚎啕大哭，把30多年的苦闷、抑郁、艰辛一下子倒出来；

我做几样菜，倒上老白干，在你们面前喝得酩酊大醉，然后一句话也不说，两眼透着浑浊；

我告诉你们，四个儿子成家了，两个闺女嫁到了外村，孙子学习不好，没什么出息；

我孙子会说："长大了种庄稼，种庄稼娶媳妇，娶媳妇生娃，生了娃种庄稼。"

我告诉你们，儿子娶媳妇、盖房子，让我拉了一屁股"饥荒"，到现在还没还完；

我告诉你们，我分了6亩薄田，我们老两口从春干到秋，也就划拉个肚圆，七扣八扣，手里还是没钱；

我悄悄地问你们："这次捐的都有什么？能不能跟你们领导说说，多给我分几件？"

我张大了嘴，目瞪口呆地听，你们和我谈NBA、雅典奥运、欧洲杯；我听你们讲四大天王、理查德·克莱德曼、摇滚、流行音乐后，只会说："我能唱一段'二人转'"；

我翻箱倒柜，找出几张发黄的当年照片，心酸地说："那时俺也是城里人"；

你们要走了，我会紧紧地拉着你们的手，然后，跟着你们的车队跑，让汽车卷起的尘土把我淹没，直到你们从我的视线里消失。

如果真的是这样，我们就不可能成为同事（除非你也被石河村招婿，或者嫁到石河村）。你们也不会想到：在地球偏僻的一个角落，居然还有一个可能成为你们局长的人（其实，在乡村、在山坳、在僻野，有多少可能成为局长、成为学者、成为企业家的人啊。只是教育的落后、机会的缺失、生活的压力，使他们的人生无法转向）。

人生不能彩排，但可以假设。

假设的目的，是要我们——已经走出来的人珍惜；那些不能走出来的人，也要告诉自己的子孙："凡是前来的就有远大的前程，不来的只有老死山谷。"

伟大的女士[*]

尊敬的女士们：

　　节日好。今天的活动是为庆祝你们的节日而准备的。本来我不准备讲话的，但刘红兵"威胁"我说："不讲话，后果很严重。"所以，我又站在了这里。今天我特意穿了一身正装，第一表达这次活动很隆重，第二表达我的真诚，第三表达我对女士们从里到外的尊重。

　　一起来祝贺你们节日的还有洪章书记、易行长、李行助、金行助，总行的男司局长们，他们都是放下手中的工作赶来的。中央国家机关妇工委王玉玲主任也来出席我们的活动，接受人民银行男士们的节日祝贺。

女士们，请把你们热辣的目光、热烈的掌声送给男士们！

女士们，你们是伟大的，以你们稚嫩的肩膀，扛起家庭和社会的重担。

你们是伟大的，用你们的纤纤玉手，和男人们一起拉动历史的航船。

你们是伟大的，以你们的母性柔情，让人间充满温暖。

你们是伟大的，用你们天使般的笑容，让世界和谐安宁。

请鼓掌。

女士们：星空下的月光，是你们的柔情；夜晚的星星，是你们的眼睛；东方的朝霞，是你们的笑容；和煦的春风，是你们的细腻；淙淙的溪流，是你们的曼语；高远的蓝天，是你们的清纯；平静的大海，是你们母爱的深沉；摆动的柳枝，是你们的婀娜；盛开的玫瑰，是你们的美丽；绚烂的霓虹，是你们的风采。

此刻，就算我伐尽所有的树木做笔，也写不尽你们的伟大；就算我蘸尽所有的海水做墨，也书不完你们的慈爱；我用尽世界最好的语言，也无法描写你们的美丽；我唱遍人间所有的歌曲，也不能歌颂你们的高尚。

请鼓掌。

去年的"三八节"，我代表男士做了检讨，检讨了我们敷衍塞责的种种现象。今天，我代表男士们保证，我们要做到：晚上临睡觉前一定洗脚；陪你们逛商场一定死心塌地，不急不躁；每天你们临出门前问我们"我今天穿得怎么样"时，我们一定认真看，小心回答。

这几点，请你们放心。洪章书记领导下的总行纪委、监察局已经把这几点纳入了对干部八小时之外的监督之内；杜金富副行长领导下的人事司，也把这几点作为干部年终考核的一个重要内容。杨立杰在接替陈自川担任内审司司长后，一直在考虑内审创新问题，杨立杰已决定扩大内审范围到家庭内部，对男士进行丈夫履职审计。

请男士们用掌声，表达我们的决心。

2008年的"三八节"，我讲错了一句话，把每个成功男人"背后的女人"，说成是"背上的女人"。后来被演绎成"每个成功男人的背上，都踩着一个女人"。现在，我们可以说，只要我们能成功，你们怎么踩都接受，我们心甘情愿。

祝女士们天天像"三八节"一样的快乐！

祝女士们永远靓丽！

愿女士们永远可人！

谢谢！

懂得珍惜*

　　二月十二日，一个晴朗的冬日。在京城浓浓的过年气氛中，在坐落于天安门广场西侧的中国人民银行总行老干部活动中心，总行离退休老同志聚到了一起。迎春团拜会上，老同志像久别的恋人，相互凝视着，打量着；像重逢的老友，拉着手儿不愿分开，说着，聊着。此情此景，令人感动至深。

　　老同志中，大革命时期、红军时期、解放战争时期、新中国成立初期，直至"大跃进"、"文革"前参加革命的都有。他们中的许许多多人参加革命时，我们这些在岗的人也许尚未出世，也许还是襁褓中的婴

---

　　* 本文写于 1999 年 2 月。

儿。他们中年龄最大的 94 岁。经历了差不多一个世纪的风云变幻。如今，他们蹒跚的脚步，当年曾踏过了多少崎岖坎坷；他们佝偻的腰背，当年背负了多少信念与希望；他们那被风霜雨雪雕刻的脸，印证着人生的悲欢离合；他们那重重叠叠的记忆深处，隐藏着多少真实的历史画卷啊。在他们的一生中，他们闪烁过，灿烂过，辉煌过。如今，他们虽然老了，但我们仍不难想象他们的当年。

人生短暂，我们常常在回首中感慨，在感慨中回首我们自己，咿呀学语的婴儿，欢快无忌的童年，幻想烂漫的少年，乃至于朝气勃发的青春，都已渐去渐远，挥之不去的是感怀岁月悠悠，了去无痕。岁月无情，但却又最公正。无论帝王将相，才子佳人，贩夫走卒，渔樵农工，每个人得到的一年、一天都不长，也不短。区别在于每个人打发时间的方式不同。庸人们饱食终日，无所事事；世俗者忙忙碌碌，四处奔波；哲人聪明睿智，著作齐身；政治家雄才大略，纵横捭阖。但无论怎样，最后的归宿都是一样。

人生没有彩排。滚滚而去的时间长河，裹挟着我们匆匆向前，无怨无悔的人生是我们美好的希冀。明白了这一点，加倍地珍惜今天，珍惜现在，珍惜生活，珍惜工作，珍惜友情，珍惜今天拥有的一切，追求明天更美好的，我们就会坦然地面对时光的流逝，而不会惶惶然地担忧老之将至。

　　走出老干部活动中心，是正午时分，天空的阳光更强烈了。其实，阳光永远是灿烂的，无论朝阳，也无论夕阳。

城市生活咏叹调[*]

　　站在充满现代气息的大街上，如果你有兴趣，请驻足留步，或抬头仰视，或放眼远眺，或就近细观。那些鳞次栉比的高楼大厦，可曾引起你的注意？

　　家父对城市建筑饶有兴趣。我插队在乡下时，家父每每来信，总要谈到故乡城市的变化，什么地方新建起了一座大楼，几层高，什么颜色和样式，以此来鼓舞我，唤起我对生活的信心。可惜家父去世早，现在可看的城市建筑多了，他却未能看到。但家父对城市建筑、对生活的热爱却遗传给了我。走在街上，坐在车里，路旁的高楼大厦让我感叹世界变化得太快，

也同时产生了许多遐想。

花岗岩贴面的大楼墙裙通常是四四方方的，整座大楼也规规矩矩，给人一种沉稳、厚重、安全的感觉。尤其是毛面的花岗岩，无论是青白，还是灰褐色，都有一种粗犷的美。这种楼和驻在楼里的政府机关、银行、保险公司一样，展现出内外统一的价值观。

玻璃幕墙是大楼的时装，有点透，有点飘逸，又有点炫耀，特别是在阳光照射时。有时，玻璃幕墙映出对面的街景，映出一道流动的风景线。如果楼面倾斜，还会映出白云，飘移在蓝天下。虽是玻璃墙面，却无法让人看到墙里的事情。就如女人的心思，只能去猜。

大理石的楼面光洁平整，总是很庄重。如果是玛瑙红色的大理石，贴在错落有致的楼面上，上下一体，雍容华贵和亮丽，款款地，散发出贵夫人的气质，让人起敬，却有些不敢靠近。在这样的楼里进进出出的人，也就跟着有些高贵了。

水泥拉毛面的楼房现在似不多见了。当然，楼面的材料越来越多，人工的、天然的，谁还会想到这种几十年前的楼面装饰方法呢？但我却对此情有独钟。在我看来，把楼面用水泥浆抹平，再拉出一个个的毛窝窝，别有韵味。就如穿着牛仔衣裙的青年，很质朴、很大方，也不失现代。我不太看好用瓷砖作楼面饰料，尤其是白色和浅蓝色。这种楼，似乎都是瘦瘦高高，一副营养不良的样子。这种装饰，又像一个人穿了一件质地用料做工都很差的西装，有点俗，也有点土。

大楼的窗户，就像一个人的眼睛。如果是点窗，镶上了玻璃，就如眼睛的单眼皮。欧式楼房的窗户，大多做了修饰，就使单眼皮变双了，而且像装上了长睫毛，让人想到了忽闪忽闪的大眼睛。

有些很时髦高楼的楼顶上，镶上了或黄或绿的琉璃瓦。传统和现代如此分明，却又结合在一起，不伦不类的，一副滑稽相。当然，如果是灰砖墙面，飞檐斗拱，红漆梁柱，配上琉璃瓦顶，倒也有一种古典美。

我不是建筑师，更不是美学家，今次写出来，只是自己观察后的心得。生活在由钢筋和水泥组成的城市里，把天天见到的楼房写写，算是为冷峻的生活添点乐趣吧。

无名的感伤[*]

    我不是阿根廷队的球迷。但是，6月12日晚9时25分，当终场哨声响起的时候，我悲伤地低下了头。

    是啊，当你看到巴蒂斯图塔——阿根廷队的核心、大名鼎鼎的球星——一位年已三十五岁的迟暮英雄，低着头坐在刚刚驰骋过的球场上的时候，当你看到阿根廷队那位满头卷发的小伙子，掩面哭泣着走出球场的时候，当你看到看台上阿根廷队的球迷默默地坐在那里，一脸的茫然和无奈的时候，当你看到在球迷狂热的呼喊中飘舞的"阿根廷——伟大的巨人"的巨大条幅，无声地垂落在那里的时候，你的心也被悲伤攫获了。当一个英雄倒下的时候，无论你是否景仰与崇

---

    * 2002年6月，第17届足球世界杯赛，阿根廷队输球没能进入八强。

拜，你都会为悲壮所动容所感伤，你能不为他们一掬英雄泪吗？球场上的胜败荣辱和人生的悲欢离合，都同样会产生巨大的震撼在人的心灵深处。

电视画面上，退场的观众汇成了巨大的人流，缓缓地走向出口。那支庞大的队伍，在慢慢地移，慢慢地走。他们在为阿根廷队送行。

想 说 的 话 *

今天，我们——中国人民银行会计财务司的同志来到这里，站在这贫瘠的土地上，向奋斗在贫困山区、默默奉献、辛勤耕耘的坛山小学的全体教职员工，向在艰苦条件下刻苦学习的坛山小学全体同学，表达我们崇高的敬意，表达我们的一份爱心，一片赤诚和一往深情。

作为中国人民银行会计财务司的工作人员，无论我们来自哪里，无论我们的成长道路有何不同，我们

---

* 2000 年 7 月 22 日，会计财务司全体同志在"党日"活动中，来到河北省顺平县坛山小学，捐款捐物。看到山区小学的教师，看到 200 多名孩子坦诚、真挚、清澈、明朗、充满求知欲的目光，我被深深地感动了。想说的很多，但看到他们在烈日下汗流满面地坐在小板凳上，我不忍心，只讲了几句。回来后，把想说的话写了出来。

都和你们一样，有过天真无邪的童年，有过充满幻想的少年，都曾在小学接受了最基本的教育，从小学开始，走上了求学、成长、发展的道路。童年和少年的欢乐我们不会忘记，为我们成长付出一生心血的老师，我们更不会忘记。尽管我们走上了工作岗位，但无论何时何地，面对老师，我们都会从心底喊出："尊敬的老师，谢谢您。"

我们生活和工作在祖国伟大的首都北京。在我们的工作之余或闲暇的时候，我们的心时常被山区的贫困牵动着，被山区教师对教育事业的忠诚深深地打动着。今天，我们亲眼看到了，我们看到了荒凉，看到了残破，看到了简陋。这些，在我们生活中已远远离去的字眼，活生生地演化在我们眼前。我们和我们的孩子也看到了，看到了你们的精神并不荒凉，你们的意志并不残破，你们的思想并不简陋。你们以大地一样广阔的胸怀，以大山一般永恒的意志，以绿野一样焕发的思想，矢志不渝地忠诚于教育事业，为此奉献了毕生的精力。你们自甘清贫，不被世界的物欲横流诱惑；你们安于寂寞，不为社会的喧嚣浮躁迷茫。那是因为你们心中，溢满了爱，对教育事业的热爱，对孩子们的爱，支撑着你们，你们又支撑着中国的脊梁。

亲爱的同学们，从你们充满求知欲的眼光里，从你们质朴的脸庞上，从你们瘦小的身影中，我们和我们的孩子读懂了什么是追求，什么是奋斗，什么是坚强。你们顽强地克服困难，刻苦地学习，是因为你们知道，不断地学习，掌握现代科学知识，就是掌握了开启一生幸运之门的金钥匙。我们不仅注视着你们，我们也期待着你们，我们更相信你们。

借此机会，我还要向顺平县委、县政府的领导，向县教委的领导致以我们的敬意。顺平县的父老乡亲寄希望于你们。我们感谢你们，不仅仅是因为你们百忙之中来参加我们的活动，更是因为你们在发展顺平经济，带领全县人民摆脱贫困、走上致富之路所作出的贡献。

今天的活动对我们是一种深刻的、现实的、感人的教育。我们会记住这一切，想着这一切，并且体现在今后的工作中。那就是以你们为榜样，以你们的精神激励自己，在工作中自觉落实"三个代表"的重要思想，作出我们应有的贡献。

致失踪者[*]

汶川地震中的 23150 名失踪者，
你们在哪里？
为何医院的病房不闻你们的呻吟，
灾民安置中心的花名册不见你们的登记，
天堂的签到簿没有你们的名字，
转运伤员的列车难觅你们的踪迹。

你们是否看见，
那满墙的寻人启事，
字里行间，都是亲人的焦虑；

---

[*] "5·12" 汶川大地震，那些失踪者家属希望又绝望的眼神更让我心痛，我希望我的呼喊能得到失踪者的回应。

你们可曾听见，
广播、电视中的一遍遍呼喊，
句句声声，出自亲人的心底；
你们是否知道，
亲人们一路跋涉，一路询问，
寻找的脚步量遍大地；
你们可曾清楚，
亲人们日日煎熬，夜夜难眠，
清清的泪水流淌悲戚。

汶川地震中的 23150 名失踪者，
你们在哪里？
为何不告诉你们的所在，
为何不回应我们的讯息。
难道只能在深夜孤独地回来，
难道只能在梦里和亲人相聚？

可是在亲人的心中，
有无数个设想，
所有的设想都期待奇迹；
可是在亲人的脑海，
有若干个也许，
所有的也许都把别离回避。

可是在亲人的眼前，
依旧是你离开时，
那永恒鲜活的记忆；
可是在亲人耳中，
依旧是你道别时，
那亲切依恋的话语。

汶川地震中的 23150 名失踪者，
你们在哪里？
为何电话不接，短信不回，
为何让我们去猜那无解的谜。
难道就没有一种可能，
难道就不会给我们惊喜？
每一次的亲友来访，
都盼望他们带来消息，
让亲人相拥，喜极而泣；
每一次的电话铃响，
都忍不住地抖动着手，
把亲人的牵挂，高高悬起；
每一次看到起重机，
高举着的长臂，
亲人的眼睛，紧盯着废墟；
每一次听到推土机，

"突突"地铲起瓦砾，
亲人的心啊，一阵阵惊悸。

汶川地震中的 23150 名失踪者，
你们在哪里？
我问苍天，苍天不答，
我问大地，大地无语，
我问江河，江河呜咽，
我问山川，山川沉寂。
难道你们达成了默契，
不忍说出那最后的结局？

我们在一起，永远！*

此刻，我的笔仍然千斤般沉重，我的字依旧万般滞涩。一年了啊，365 个日日夜夜，无论何时何地何处，听到"汶川"、"映秀"、"唐家山"等字眼儿，看到那一幕幕震撼心灵的画面，我的心还是颤抖着痛，我的泪水还是不能自已地涌出，我的情愫还是无法抑制。我知道，心痛、泪水、感动联结着我、你、他，延续着过去、现在和将来，浸润着思想、语言和行动。

那一场灾难，来得实在太突然，甚至突然得让人手足无措。但是，那一场灾难激发出来的气壮山河、不屈不挠的中国精神，却是中华民族生生世世积淀的迸发。

---

* 本文写于 2009 年 5 月 12 日。在汶川大地震一周年之际，总行党委宣传部把在人行系统征寻到的纪念汶川地震的文章精选了一部分，邀我作序。

我们的祖先，选择了在这片土地上定居、开拓，他们当然祈愿风调雨顺、五谷丰登，祈盼四季平安、幸福安宁。但中华民族从来不惧怕艰难困苦，无畏灾祸动乱。中国人挺直着脊梁，从历史走到了今天。灾难，让我们坚强；灾难，让我们凝聚；灾难，让我们团结。于是，我和你，全国和灾区，解放军和人民，志愿者和救援队，全中国人在一起，撑起了这片天，让阳光日日普照，分给了我们每个人一样的温暖和热量。

今天，社会前进的脚步加快了，我们忙碌着工作和奋斗。今天，社会生活的多样性出现了，我们在选择中走着不同的人生道路。我们不再避讳财富、金钱，我们也不再排斥个性、自我，但我们在一起。地理、时空的距离阻断不了亲情，职业、地位割舍不开关爱。在我们的灵魂和血液中，世世代代遗传着民族共有的元素，在我们的思想和心灵中，时时刻刻闪亮着人性的光辉。我们在一起，就有万众一心的中国力量。我们在一起，就蕴藉着中华民族向死而生的期待，就书写着中华民族浴火重生的希望，就诠释着感天动地的民族魂魄，就展示着中国坚忍勇敢的国家意志。

我们，中国人民银行的干部职工，以多种方式传递着爱心，支援着自己的同胞。我们用文字记载感动，用关爱写就文字，用真情凝结篇章，就有了2000多篇的来稿，就有了这100篇的代表作，就有了这本集子。

这是人民银行全体干部职工的心血之作，已无须再说什么。任何时候，任何地方，都请记住：我们在一起，永远！

我去汶川[*]

我去汶川，心灵一路震撼。

车出都江堰，转向西北，驶上都汶高速路，我的心就揪了起来，眼睛紧紧盯着车窗外。路旁高耸的山不再是一派葱郁，时时可见地震时的山体滑坡，把山坡绿色的表皮剥离，从山顶到山脚画出了一条条白色，滚滚而下的岩石巨流就在山脚下、岷江边堆积，把213国道一段段掩埋，一段段截断。213国道上，被滚石砸扁的汽车还压在那里，永远无法动弹。岷江岸，倒塌的农舍已成断壁残垣。岷江上，震断的桥梁又使两岸变成天堑。映秀中学，教学楼、高中宿舍楼、教

---

* 2011 年 10 月 12 日去汶川，回京后 14 日完成此文。

室办公楼坍塌成一堆钢筋水泥，初中宿舍楼从五层变成倾斜的四层。每扇窗户下的墙面，都是十字形的裂纹。所有这些，都已是"5·12汶川特大地震遗址"。

大自然的造化，把叠嶂的山掷在这里。两边对峙的山的底部，就是狭小的川，有岷江一路奔腾，溅起白色的浪花，山很绿，水很清。路就沿着岷江，曲曲折折。从都江堰到映秀的26公里，是高速路，其中一半的路途，是在几座隧道中穿过。从映秀到汶川的52公里，高速路尚在建设，排成长龙的汽车不得不在狭窄的公路上小心翼翼，还要时时听从路旁挥舞红绿小旗的人的指挥，以躲避山上随时可滚落的巨石。而公路，要十数次地跨岷江而过，一会儿在江的左岸，忽而又跑到江的右岸。原来的213国道，就匍匐在江边的山脚下，向山上蜿蜒，现在已无法修复。地本就窄，山本就险，除了路，除了住房，哪还有田？

我凝视窗外，脑海中时时掠过地震时灾民茫然的眼神和无助的身影，万千军民抗震救灾的惨烈和悲壮画面，耳边还响着人们的哭诉和呼喊，心一遍遍地震颤。我想问苍天，伟大的造物主，你已经把狭小的生存环境留在了这里，何以又让地震的魔鬼屡屡蹂躏这里的生灵？你已经把秀美的山川描绘在这里，何以又把它撕裂了展示于世？

我去汶川，心情一直沉重。

时间已过去了三年又五个月，灾后到处是欣欣向荣，除了保留的地震遗址和无法修复的 213 国道，人们的脸上也不见忧伤。也许，心里的忧伤要伴随终生。

而我，还是触景生情，悲从中来。

看到 213 国道上那无数处从山顶、山坡滚落下来的岩石堆，我会想起，那一刻，这条路上，也该是车流如梭的，那一刻，又有多少车辆和行人被倾泻而下的石流掩埋？谁知道？

路旁那荒芜的农舍，也已人去屋空。人去了哪里？被倒塌的屋顶击倒？不知所踪？还是迁移新居？

横跨岷江的大桥在中间断成两截，滑落的水泥板一头掉在江心，一头搭在桥上，那一刻，又有几辆车、几个人被江水吞噬？

映秀，不是因为她的诗一样的名字，也不是因为她的图画一样的景色而被世人知晓，是因为这里是震中。那一刻，12000 多人的小镇，6600 多人倒在了废墟中。这里，家家哀恸，户户悲歌。不，有的人家已不复存在，只能在另一个世界相拥而泣。

映秀中学初中部宿舍楼的废墟下，还埋着两个人，一个生病的未去上课的学生和他的老师；高中部宿舍楼的废墟下，也埋了两个人，一个身怀六甲的女教师和另一个同样是刚刚怀孕的朋友。那一刻，她们也许正高兴地聊着育儿经，或者一个正在倾听另一个胎儿的心音。

重建后的映秀镇比以前漂亮多了，带有藏族、羌族民族特色的住宅典雅而古朴，宽敞明亮的教室里又传出了朗朗的读书声。环抱小镇的山，神秘而安宁。镇上的同志告诉我，小镇要发展旅游业，作为经济的支柱，国庆长假期间，来了3万人。

可是，我在心里说："人们来这里，是来凭吊那一段的苦难，是来祭奠逝去的生灵的啊。"我们来这里，真的不敢大声说话，真的不敢大口呼吸，脚步也放得轻了又轻，生怕惊醒那些埋在山上的、埋在废墟中的魂灵。哪里还有心情游玩，哪里还有心情购物，哪里还有心情吃喝呢？都没有心情，映秀的旅游，人们的希望又在哪里？

我去汶川，心底一样感动。

在汶川县支行刚刚搬入还不到一个月的新办公楼里，县支行的职工龙映铖、黄贵华、何娟在发言时，都是未及开口，已泪流满面。他们回忆了三年多来，从帐篷到活动板房到临时租房到新的家园的救灾重建过程，说："三年多来，我们是在希望和温暖中度过。"他们对全国人民的支援千恩万谢，对人民银行全系统的捐助千恩万谢，对总行千恩万谢。中午在支行食堂就餐时，支行的同志聚集在一起，对我们唱着感恩的歌。

县支行的同志质朴、真诚，他们没有太多的语言，发言也没有华丽的词句，没有高亢激越的语调。一个人发言，所有的人都红了眼睛，拭着眼角。他们专门辟出了一间办公室，展示了灾难袭来的那一刻。一个喜爱摄影的员工，那一刻依旧奋力冲开家门，取出照相机把灰头土脸聚在一起的员工欲哭无泪的神态留存了下来。

汶川县支行只有26个人，服务的区域包括了汶川、理县、茂县、黑水四个县。还要经理汶川和卧龙特别行政区两个地方金库。救灾和恢复重建，他们忍受着巨大的悲痛，默默地坚守着。我们做了一点点的捐助，他们时刻铭记。我们参观新的办公楼，汶川支行自己搞了创"心"机制，对工作从细心、耐心、热心、责任心做了规范。每个办公室都有每个人的岗位职责，就连行长、副行长也有岗位职责。我们参观新的家属楼，从行长到员工，都是一样的面积，一样的户型，一样的简单粉刷。

在汶川县城，随处可见"感恩祖国，感谢广东"的大标语牌，感恩的价值观已根植于每个人的心中。

这一场不可预知的灾难，这一种痛苦的经历，这一段难忘的历史，让汶川县支行的同志们在危机中沉着，在困境中坚韧，在艰难中崛起，在大爱中感恩。

我去汶川，也是一场心灵的洗礼。

七绝[*]

二首
送潘家齐同志上大学

一

相见时秋别亦秋，秋来秋去日月流。

流水悠悠载佳谊，谊长有源无尽头。

二

书山有路勤为径，径向高峰须攀登。

登山路歧同仰月，月圆更好庆重逢。

---

　　* 潘家齐，我在工厂时的工友。1974 年被推荐为工农兵大学生，入读东北师范大学数学系。临行时，写了这两首诗送他。看见别人上大学，重燃了我的大学梦，但当时只能在内心里叹息，却不能表露。

七绝 *

毕业赠王永庆同学

莫问关山路几重，纵马此去当建功。
扬鞭又指大连湾，尽看辽东花儿红。

---

* 王永庆，吉林人。余大学同窗。1982年夏考入原辽宁财经学院（现东北财经大学）会计系攻读硕士研究生。是时，余以这首诗赠之。

五律[*]

毕业赠林青同学

惟作松树林，方能四季青。

欲成栋梁材，当先栉寒风。

傲雪气节高，凌霜骨铮铮。

吾弟有恒志，终将大厦撑。

---

　　* 林青，吉林长春人，大学同学，且是我的上铺兄弟。1982 年夏毕业时，余赠诗一首。

五绝 *

贺方之龙考中研究生返沪之喜

龙非池中物，困久必飞腾。
君今归海去，遨游惊龙宫。

＊　方之龙，上海人，余大学同窗。1982 年夏，考入上海财经大学会计学硕士研究生。后赴美国获博士学位后留在美国工作。时年 8 月临别时，在纪念册上，写了这首诗。

七绝[*]

新年寄尚彧兄

故人东去归春城，
遥听袅袅吟歌声。
又到辞旧迎新日，
尺牍难托两地情。

＊　本诗写于 1999 年 12 月 27 日。叶尚彧，中央党校进修班同学，喜爱写诗，曾有诗集出版并赠我。1999 年岁尾，我在新年贺卡上写了这首诗送他。

我和卷首语[*]

只是想，在你奔波劳碌的时候，为你弹奏一曲轻音乐；或者是，在你凝神遐想的时候，为你捧上一盏香茗。

只是想，在你千里跋涉的路上，让你的背囊减少一些负重；或者是，在你把持不定的时候，为你敲响长鸣的警钟。

只是想，在你思考的旅途中，修起一座驿站，让奔放无羁的思想得到休整；或者是，在你千里万里的航程中，建起一处港湾，让远航归来的你享受一份安宁。

---

[*] 写在《金融会计》100 期（2002 年 3 月）。

只是想，让那些重复的报表数字，在计算机的屏幕上演示鲜活的生命；或者是，让你面对络绎不绝客户的微笑，更多一份真诚和从容。

我知道，我们平淡无奇的生活，需要激情，我们才不会心如古井；我晓得，你寂寥无依的心灵，需要支撑，前进的路上才会步伐坚定；我清楚，置身霓虹闪烁的世界，你有许多的疑惑需要澄清，你的眼前才不会迷蒙；我了解，你展望未来的双眸，盛着太多的憧憬引你追梦，你的人生才会精彩纷呈。

于是，春天，涂一抹新绿；夏天，撑一树浓荫；秋天，割一束麦穗；冬天，送一炉温热。于是，年终岁尾的日子，我们一起整理过去；一元复始的时候，我们一起畅想新年。以犀利的目光，透视传染的浮躁，警惕地把守理智的大门；用无情的笔端，反思传统的良莠，把民族之根深植心中。于是，100 期的《金融会计》，就有了 40 多期的卷首语。燕语呢喃，那是心灵的絮语；春花秋月，那是情景的交融；聊聊人生，那是朋友间的真情；谈谈工作，那是经验的结晶。

短短的卷首语呵，每一个题目，我都用心去写，才有彼此的沟通；每一篇内容，我都倾注关爱，才有你我的共鸣；每一个段落，我都付出真诚，才有深深的感动；每一个词句，我都思之再三，才有读者的回应。

呵，明朝何处去，豪唱大江东！

祖国颂歌 [*]

诗人的语言，

来自诗人火热的情感；

诗人的情感，

发自诗人对祖国的无限爱恋。

啊！祖国，

你宏伟高大的英姿，

时刻印在诗人的心田；

你昂首前进的脚步，

日夜拨响诗人的心弦。

---

[*] 1982 年 9 月，我大学毕业刚刚加入人民银行。人民银行吉林市中心支行举办"国庆——十二大征文"，这是我第一次以国家干部身份写诗。

那潺潺溪流、滔滔黄河、滚滚长江，
祖国的每一条江河，
都是闪金耀银的彩链一串；
那浩浩大海、清清水库、闪闪湖泊，
祖国的每一处水域，
都是晶莹玉洁的明镜一面。

那莽莽昆仑、巍巍长白、高高祁连，
祖国的每一座山峰，
都有钻机欢唱、林涛低语、红旗漫卷。
那条条沟壑、漠漠原野、茫茫草原，
祖国的每一个乡村，
都有棉田如银、稻海似金、牛羊成片。

山城重庆、花城广州、春城昆明，
祖国的每一座城市，
都像天上的明星一样闪烁璀璨。
锡都个旧、油都大庆、钢都鞍山，
祖国的每一处大地，
都像神话的宫殿一样宝藏无限。

维族花帽、蒙族绿袍、朝族红袖，
祖国的每一族儿女，

都紧紧围绕在母亲的膝前。
头上白发、额上汗水、手上厚茧，
祖国的每一个孩子，
都用勤劳和智慧把母亲装扮。

在法卡山，在扣林山，在乌苏里江畔，
祖国的每一寸土地，
都让侵略者心惊胆战；
在机场，在军港，在边防线，
祖国的每一刻钟点，
都有战士警惕的双眼。

那列车飞奔、巨轮破浪、卫星遨游，
曲曲凯歌，歌唱祖国绚丽多彩的江山。
那原油喷涌、银线凌空、钢花飞溅，
张张捷报，舒展祖国日新月异的容颜。

那艳艳朝霞、闪闪红灯、簇簇礼花，
燃烧着祖国青春年华的烈焰。
那滚滚雷霆、隆隆炮响、阵阵歌起，
轰响着祖国奔向四化的鼓点。

啊！纵使我的诗源如春潮猛涨，

也无法写尽祖国万紫千红的容颜。
纵使我的歌声如大江奔腾，
也无法唱尽祖国如花似锦的今天。

十一届三中全会的春风吹遍，
祖国，你的大地才气象万千。
党中央拨乱反正指引航向，
祖国，你的历史才写出新篇。

祖国的今天这般美好，
祖国的明天更加灿烂。
"十二大"又将宏伟蓝图勾勒，
振兴中华，亿万大军奋发向前！

诗人的语言，
来自诗人火热的情感；
诗人的情感，
发自对祖国的无限爱恋。

祖国，你宏伟高大的英姿，
时刻印在诗人的心田；
你昂首前进的脚步，
日夜拨响诗人的心弦……

祖国，为您干杯

哦，祖国，让我们用微微颤抖的手，举起溢满深情的酒杯，为您干杯。

您愈发年轻了啊！年轻的，不仅是您的容颜，还有您饱受创伤的心灵。悠悠岁月，时光漫漫，留给您的苦难太多太多。封建、专制、饥饿、贫穷，压得您抬不起头来；封闭、抑郁、沉闷、彷徨，使您脸上布满了愁容；侵略、凌辱、践踏、欺压，使得您无力庇护您的儿女。那时，您带着流血的心，带着伤痛，沉重地、艰难地蹒跚而行。如今，这一切一扫而光，您心头的阴霾已烟消云散。您头顶的天，蓝蓝的；您脚下的地，绿绿的；您的心情，愉悦而又舒畅；您的步伐，矫健而又轻松。走过了风雨，走过了苦难，您容光焕发，扬眉吐气，昂首走上了康庄大道。

哦，祖国，让我们按捺住激动不已的心情，端起盛满祝福的酒杯，为您干杯。

今天，您已经自立于世界民族之林，成为一个东方的巨人，让世人瞩目，让您的每一个子民都为您骄傲。天空中遨游的卫星，海洋里巡弋的军舰，四通八达的高速公路，风驰电掣的铁路列车，麦浪滚滚的田野，鳞次栉比的楼群，流光溢彩的城市街道，如诗如画的田园风光。祖国的每一处城乡，都充满着安宁的气息；祖国的每一个方面，都展现着现代的雄姿。千万条小溪，淙淙流淌，歌唱着祖国的进步；千百个湖泊，熠熠闪光，映照着祖国的变迁；千万顷森林，振臂高呼，欢庆祖国的生日；千百座山峰，无尽绵延，印证着祖国的发展。

此时此刻，我们纵有千言万语，也难于倾诉对祖国的挚爱；我们纵有千歌万曲，也难于表达激越的心声。来吧，让我们举杯，为祖国的苦难不再，为祖国的幸福绵长，为祖国的青春不老，为祖国的繁荣富强，干杯！

岁月的凝望

岁月听钟

四季有规律地更替着：春天的婉约，夏天的浓郁，秋天的萧索，冬天的狂虐。"年年岁岁花相似，岁岁年年人不同。"一年又一年，我们一天天地长大，一步步地成熟，一次次地收获，一点点地变老。就在我们叹息的时候，又一段岁月流逝了。

　　每一次的辞旧迎新，每一次的季节变换，每一次的聚散离合，心底都会涌动波澜。都是生命的一节乐章，都是人生的一段旅程，都值得聆听和回味。

　　凝望岁月，不是守候昨天，叹韶华易逝，老之将至。

　　凝望岁月，不是沉缅于过去。沉缅于胸的，应是春天的朝气和活力。

春梦了无痕

春天是个多梦的季节。

春日里，太阳在窗外暖融融地照耀着，阳光弥漫着一种迷离，精心编织着五彩的梦。鸟儿欢快地啁啾着，在枝头上蹦来跳去，在草丛间觅食，让你梦见雀跃的不知忧愁的童年。和煦的春风从半掩半开的窗子悄无声息地散进屋来，撩起乳白色的窗纱轻轻地摇曳，也撩动了你的思绪，杳杳淡淡地如梦如幻。沐在春风中的街上的行人，一副副清新的面孔和一双双矫健的脚步，匆匆地来去，装点着春意盎然的写生图画。当小草悄悄地拱破地皮，绿茸茸地铺展着鲜活的生命，久居城市中的我们，梦想着青山绿野，躺在山坡上的青草与野花中看山，看天上的云一朵朵地来，又一朵朵地去。当白雪无言地消退，溪流一点点地穿过冰封蹦跳着汇合，我们梦想濯足河边，听村姑流淌在岸边的青春之歌。当柳枝在不经意间染上一层绿色，偷偷地泛出鹅黄，绽放出嫩嫩的柔弱的绿叶，我们梦想着"杨柳岸，晓风残月"。当静夜中春雨随风潜入，淅淅沥沥地浸润土地，催我们拥梦入怀。

怀一个梦想踏上人生路，走遍天涯，走遍夕阳，走过云和月，一生的时间都在追梦。

少年的梦美丽而又天真，是一首快乐的歌，是几段无法连接的诗行，是多幅抽象艺术的片断。少年的梦没有欲望，只有想象。

青年的梦璀璨而浪漫，和理想交织在一起。梦中有辽阔的天空，蔚蓝的海洋，喷薄的红日，七彩的云霓。有阳光、海浪、沙滩、情侣。青年的梦有太多的豪情，是自由的鸟儿，是腾飞的龙，是星光闪亮的夜空，是……在梦中，青年人把人生挥洒得淋漓尽致。

春光明媚的日子，搬一把藤椅坐在窗前，安静地欣赏春天怡人的景色。窗外一抹新绿遮住了人生的喧嚣和纷扰，阳光斜斜地射进来，身子一半在阳光里，一半在影子中。心境在慢慢地归于沉寂，中年人的人生，正在切入另一场景，前台灯光转为幕后凉月，记忆中又多了几片感怀的碎屑。心底唱着"大梦谁先觉，平生我自知"，但梦和欲望纠缠在一起，纠缠着心动。

黄昏的时候，独坐在夕阳里，看晚霞最后的壮丽，然后让暮色慢慢地吞没自己。美丽的梦离老年越来越远。梦，系不住那倏忽掠过的光色云彩，系不住那些回味无穷的过去，漂浮着展现出闪烁的斑斓。

梦，让展望变成激情，让回忆变得残缺或温馨，让思念变得绵长，让期待变得无奈或充盈。

梦因为不能实现而美丽，因为美丽的诱惑而去追。倘不能醒悟，请记住这篇文章的题目——"春梦了无痕"。

夏的咏叹

匆匆的岁月身边流淌。走过冬的冷酷，走过春的缠绵，走过雪的漫天飞舞，走过风的软语呢喃。一个热烈、浓郁的夏又一次地融入我们每个人的生命历程。

头顶是灿灿的太阳，高悬在蓝天之上，洒下一片辉煌。夏日的阳光里，生活炽热得如火如荼：街上飞驰的汽车，田里劳作的人群，公园盛开的花朵，原野茂盛的庄稼。女人飘曳的衣裙，舒展着青春的浪漫气息；浓密如盖的树冠，筛落了满地的斑驳金色。我们采撷阳光，在心房里，疲惫的心就会如同将枯的花蕾，获得新的生命而灿烂开放。夏天的阳光，会把阴影照得最短，会把生命染得金黄。但我们不能沉溺于阳光的镀金，不能因生活的五彩缤纷而迷茫，不能因热烈浓郁而失却冷静。从阳光中吸取的，经过理智的凝练，才能成为勤劳和追求的动力。

夏天，还会有暴风雨，有电闪雷鸣。当天空乌云密布，隆隆雷声由远而近，由沉闷而炸响，闪电不断地撕裂云层，顷刻间，大雨如注。我们真想如孩童般扑进雨幕中，浇个淋漓酣畅。在风雨中荡涤浮尘，砥砺心志，心绪不再浮华躁动。雨后的彩虹，蓝天和白云，使我们时时保持心境的澄明高远，迸发新的向上的力量。

天凉好个秋[*]

窗外，有落叶在飘，秋的"请柬"到了。

"未觉池塘春草梦，阶前梧叶已秋声。"秋，就是这样不经意间来到的。秋风乍起的时候，轻轻地掠过树梢，枝叶在风中摇动，也摇碎了一地斑驳的阳光。树叶沙沙地响，在一阵阵微微的韶华易逝的叹息中，慢慢地倦，慢慢地憔悴，慢慢地黄，慢慢地枯干。枫叶红了，那是生命最后的燃烧，是生命终结前展示的最后的美丽。风更凉了，秋的气息愈来愈浓，散荡在阳光里，氤氲在风中。树叶柔弱无助地飘落在地上，大地分明感到了生命的沉重和震撼。

---

[*] 本文写于 2000 年 10 月。

秋天的田野是一片辉煌。稻谷在秋风的熏陶下染黄，弯下了腰，垂下了头。是成熟后的追忆和沉思，是默默的等，等待时间的镰刀，等待赤诚的奉献。场院里，屋檐下，仓廪中，铺展着、悬挂着、堆积着收获的喜悦，沉甸甸、黄澄澄的，如金子般。当炊烟袅袅地升起在村庄的上空，夕阳斜斜地照射过来，收割后的大地静若处子，独守着一份繁华过后的宁静与淡泊。面对苍茫和凋敝，大地无言；面对锦绣千里和累累果实，大地亦无言。大地，以永恒的孕育应对季节的变换。大地知道，岁月既然挽留不住，又何必蹉跎呢？

秋日的天空，高远湛蓝，少了污浊，才有了澄明。天空下的云，慢慢地移，一副从容不迫的样子。只是，我想问秋阳，你是否也感染了秋的悲凉，高高地挂在天上，阳光也有淡淡的忧伤；抑或是你要远离我们而去，让我们感觉不到你春天里的云蒸霞蔚，夏天里的光芒万丈。

秋天，不是多梦的季节。春天的浪漫，夏天的幻想，冬天的苍白，都是生命演绎过程的一个阶段。秋天的收获，是梦的印证；秋天的无奈，是失落的梦。秋风吹来，是梦醒时分，回忆已多于展望。翻捡起如烟往事，回味希冀和期盼，充实和遗憾都随风而逝。

不想让秋的惆怅缠绵自己，就把心事翻晒在秋阳里，风干在秋风中。

别把秋字放在心头，否则，那"愁"字，怎一个次第了得。

春的情怀

（组诗）

春风

吹开了门扉和窗棂，
吹绽了鲜花和憧憬，
吹来了欢歌和笑语，
吹跑了疑虑和朦胧。

哦，春风在我的心头徜徉，
把我心底的皱纹熨平。

春雨

春雨沙沙，春雨沙沙……
冰雪融化啦，大地舒醒啦。
柳枝披上了新绿，
小苗吐出了嫩芽。

哦，春雨，问你怎有这般活力，
你说："是蒸气的不断凝聚和升华。"

春草

狂风吹不断你对土地的眷恋，
严寒冻不死你对生活的信念。
铺一片绿洲，——在田野、在路边，
带给我温柔、宁静和安恬。

哦，春草，我虽不知你的名字，
我却知道了什么是奉献。

夏的联想

（组诗）

蓝天

我仰望那一望无际的苍穹，
深邃、碧蓝、晶莹、透明。
白昼，凭阳光普照，风云奔涌；
夜晚，让月亮微笑，繁星满空。
让我们像蓝天一样吧，
无私地袒露自己的心胸。

白云

是来去匆匆的过客，

无声无息，飘泊不定。
高傲地悬浮在蓝天之下，
任风儿吹向北南西东。
白云虽然很高，有时也很美，
但只能寄托思恋、遐想和幻梦。

太阳

升起时霞光万丈，
催醒大地，召唤生活，引爆力量；
落山时依旧热情不减，
染红云霞，映照群峰，熨平海洋。
阳光照耀我们开拓前进，
理想才是心中永驻的太阳。

秋的沉思 *

（组诗）

一、落叶

也曾是青翠欲滴的哟，
装扮着一片绿的春潮。
对大地的眷恋是这样执著，
枯干了，也静静躺入她的怀抱。

悲秋者感慨落叶萧萧，
进取者看到春天的枝叶繁茂。

---

* 本诗写于 1986 年秋。

二、收获

秋天里，到处充溢着收获，
田里的庄稼，山上的野果……
秋光里，到处摇曳着欢乐，
草原的夜晚，乡村的农舍……

把收获和欢乐留下吧，
用开拓去创造新的生活。

三、果实

耕耘、播种、锄草、灭虫，
雨水、养料、阳光、和风，
果实沉甸甸、金灿灿，
是心血的凝聚，劳动的结晶。

一分勤劳换得一分收成，
奢望只能养成寄生。

冬的孕育[*]

（组诗）

题记：冬天来了，春天还会远吗？

——雪莱

冬天的雪

团团轻盈盈的棉絮，

铺一个柔软的春的温床；

层层白莹莹的玉片，

给世界披上圣洁的新装。

雪被下，

---

* 本诗写于 1986 年冬。

211

春的激情在静静萌发；
新装里，
生的热望在悄悄扩张。

冬天的冰

是水的固体吗？
水是那样软，冰是那样硬。
是冬的杰作吗？
冬是那样狂，冰是那样晶。
凝聚中有硬的力度，
狂虐中有美的诞生。

冬天的魅力

冬的景致，竟是这般漂亮，
冰雕、雪砌、霜染，
仿佛艺术品的珍藏。
冬的游戏，这样令人神往，
雪撬、爬犁、冰鞋，
引来欢乐的声浪。
用你的智慧、
勤劳和无畏，
去寻找和创造
生活的天堂。

感受春天

春之神正翩翩地向我们走来。树木、田野、群山、江河，仿佛都闻到了春的气息，听到了春的脚步声，从沉睡中苏醒过来，一齐接受春天的拥抱。

春天，是生命勃发的季节。也许，阳光还没有除尽残雪，寒冬还没有失却往日的威严。但是，大地里、山坡上、石缝间，你去看吧，小草悄悄地拱破了地皮，探出头来，注视着这一片新奇的世界。也许，绿色还没有染遍自然，树木还依旧裸露着嶙峋的躯干。但是，树梢上、枝桠间、天空里，你去听吧，小鸟欢快地叫着、唱着，欢呼着迎接每一个黎明。春天的雨是温柔的，一夜之间，悄然而至的春雨，滋润了大地，洗去了浮尘，清晨的空气沁人心脾，人们的心境也变得澄明起来。春天的风是和煦的，轻轻地吻着田野的面颊、山岭的脊梁。于是，柳丝吐绿，草长莺飞，人们陶醉在这无限春光里。春天的一切都那么美好，就是在黄昏时分，我们看夕阳落下，也会看到晚霞映照下的安谧、淡泊和满足，也会排除暮色之后的孤寂、暗淡和悲郁。

我们喜爱春天。春天里，我们尽情地呼吸湿润的空气，享受阳光的爱抚，欣赏大地的新绿，迷恋春夜的温馨。春天里，每个人都会感到自然的神奇的力量迸发出来的勃勃生机，孩子们的欢呼雀跃，青年人的大步流星，中年人的沉稳刚健，老年人的精神矍铄，无不显示出春的活力和创造。是的，每个人都有自己的春天，就是那些祖祖辈辈生活在山坳里的人们，那些蹒跚在暮年的老人，都有自己青春的闪光。沧桑巨变，岁月交替，我们不可能使春光永驻，让芳颜永在，但我们只要拥有春天，也就会无愧无悔。

用我们的心灵感受春天，晴空多一缕阳光，脸上就多一份笑容，心灵就少一份阴影，脚步就多几许轻松。

懂得春天，才会拥有春天。

留住春天

当第一声春雷在长空中隆隆地滚过，当第一滴春雨悄无声息地在夜里落下，当一阵阵春风渐渐染绿枝头、染绿田野、染绿山川，春的气息也悄悄地沁入了我们的心田。于是，我们的肌体里，有春天的生机在迸发；我们的血液中，有春天的激情在奔流；我们的心灵里，有春天的活力在荡漾。

春天多美好。春回大地，万物更新。赏心悦目的景致，心旷神怡的心情，无不凝结着春天的昭示和隐喻。小溪欢快地流淌着，把生命之源延伸到江河，延伸到大海；太阳灿灿地微笑着，消融了冰雪和严冬，温暖着人际间的冷漠；春风和煦地吹拂着，吹散心头的阴霾，撩起我们的无限遐思；春雨淅沥地下着，滋润干涸的土地，滋润饥渴的荒原。一年之计在于春。春天里，我们如垦荒牛，默默地耕种，播下种子，播下希望，播下了秋天的收获。

留住春天，是用我们的辛勤和开拓。用我们的进取充实生命的每一分钟，我们就不会感伤时光的流逝；用我们的脚步印满征途的每一里程，我们就不会遗憾人生苦短。纵使我们不能留住时光，但只要我们奋斗了，便有无限春光徜徉心头，便会领悟生命的真谛。

留住春天，在我们的心里。

新年，我轻轻地呼唤*

一

呵，一九八五年，
我轻轻地、轻轻地把你呼唤。
你竟这样匆忙地走了，
甩给我一腔悔恨和思念。

你使我们站在同一条起跑线，
距离也同是一圈公转。
有的人刻下了金色的年轮，

　＊　1986年1月22日，周日，早晨从梦中醒来，就未能再睡，构思了这首
小诗。这是大学毕业三年多来写的第二首诗。

我却留下了人生的空白点。

我知道，悔恨绝不是跪在十字架前，
也不是闭门思过，嘴里呢喃。
马上就跑吧，追赶我的同伴！
失去的只能用行动乞还。

呵，八五年，你放心地走吧！
再过三百六十五天——到了你的周年，
我会用捷报编织彩环，
装扮你历史的容颜。

二

呵，一九八六年，
我轻轻地、轻轻地把你呼唤。
真想长出一双翅膀，
一下子飞到你的身边。

我们要用智慧来把你描绘，
我们要用劳动来把你装扮。
让你变得更美丽，
让你缀满花环和彩练。

你会骄傲地走进历史，
和我们永远不能再见。
纵是如此，我们也心甘情愿，
因为我们都没有遗憾。

呵，八六年，大步走来吧！
再过三百六十五天——到了分别时候，
让我们举起香甜的美酒，
豪迈地说一声"干！"

新春寄语

迈入新年，我们奉上诚挚的心愿，我们献上深深的祝福：让幸运降临到您的头顶，让幸福陪伴您的一生。告别过去，我们没有迷茫，我们没有离愁，让渴望和期待化做进取的力量，让希望和憧憬激励开拓的步伐。

一年里，《金融会计》是桥梁，沟通着你、我、他，把金融会计工作的经验分享；《金融会计》是苗圃，培育着金融会计理论和实务之花，让金融会计工作的成果芬芳；《金融会计》是彩带，连接着读者、作者和编者，共同织就金融会计工作的锦绣。

一年里，我们——《金融会计》编辑部的全体同志和广大的读者、作者和全体金融会计工作者、金融业者一起开创着《金融会计》的未来。你们的来稿，使我们欣喜；你们的建议，使我们深思；你们的经验，使我们振奋；你们的关心，使我们感动。365 个日日夜夜，有一曲曲动人的乐章；12 期《金融会计》，有一篇篇心血的结晶。在此辞旧迎新之际，我们要在心底轻轻说一声"谢谢您，忠实的读者朋友"。

迈入新的一年，我们更感到任重道远。加强和改善金融宏观调控，抑制通货膨胀，深化金融改革，扩大金融对外开放，严格金融结算监管……方方面面，不仅有光荣的任务要我们完成，也有金融会计理论的高峰待我们攀登。我们要更加努力，更加勤勉，把《金融会计》办得更好。

新年的钟声催人奋进，努力吧！

新春快乐

物换星移，时光流转，一九九四年的脚步咚咚作响。和着新春的脚步，带着诞生的喜悦和面世的欢欣，《金融会计》走来了，走向千千万万工作在金融部门的读者中间，带去我们的祈愿和祝福，愿我们的读者朋友和广大的金融工作者工作顺利，生活美满，愿我们共同从事的事业百尺竿头，更进一尺。

放眼望去，党的十四届三中全会通过的《中共中央关于建立社会主义市场经济体制若干问题的决定》，架设了通向新世纪的宏伟大桥，勾勒了我国社会主义市场经济系统的宏伟蓝图。中国大地，改革开放的春潮涌动，现代化建设蒸蒸日上，祖国的面貌日新月异。在改革的春潮中，金融改革开放大步迈进，中央银行转换职能，政策性银行正在建立，专业银行走向商业银行，金融市场活跃有序，金融法制提供保障。《金融会计》的读者朋友们和广大金融工作者一起探索和实践着金融改革的深化，为社会主义市场经济的大厦添砖加瓦。

亲爱的读者朋友，当您埋首于工作的时候，当您在灯下挥笔疾书的时候，当您掩卷遐想的时候，当您奔波在上下班的路上的时候，愿我们的《金融会计》带给您沉沉的思考、有益的经验、深刻的启迪。我们渴望着，渴望着您的支持；我们憧憬着，憧憬着金融改革开放的新成绩；我们希冀着，希冀着中华民族的腾飞。

亲爱的读者朋友，新春快乐！

新年的祝福

当日历一页页撕落得只剩下最后一张，我们蓦然发现：新的一年就这样不知不觉、悄无声息地来到了。此时此刻，我的亲爱的朋友们，你们是否也守着一份愉悦、一份宁静、一份执著呢？

岁月一天天随风而去。那些不经意的日子，我们忙忙碌碌，用计算机键盘敲出了满天霞光，用算盘珠拨落了万颗星辰。每天记账、复核，做传票，登账簿，编报表，这样平平常常地生活，这样平平淡淡地工作，构成了我们人生的轨迹。虽然不是惊天动地的事业，虽然没有赫赫显目的业绩，虽然没有开天辟地的创造，但我们忠于职守，尽心尽力地去做，就有一份丰收后的愉悦充实我们的心田。

年年岁岁，朝朝暮暮，我们踏着时间的节拍匆匆地向前走着。生活在变，周围的事物和人也在变。灯红酒绿摇曳不了我们的心，纸醉金迷眩晕不了我们的眼。我们不艳羡有人飞黄腾达，我们不妒忌有人腰缠万贯。我们依旧走自己的路，就有一份奋斗后的宁静，溢满我们的心灵。

新年，咀嚼以往，我们更加深刻地认识了自己。我们不断地追求，不是好高骛远；我们不断地憧憬，不是缥缈虚幻；我们不断地前行，不是驻足留恋；我们有连绵的情愫，不是失落伤感。这就是我们的执著，是我们的动力之源。

新年，北方飘飘扬扬的雪花，洒落了我们的挚爱；南方淅淅沥沥的雨，滋润了我们的祝福。愿我的亲爱的朋友们，新的一年，多一份成熟，多一份喜悦，多一份健康，多一份幸福。

新年断想

　　当历史驶向两个年轮的切点，世界，仿佛一下子驱走了所有的纷繁、喧嚣、吵嚷和争执，变得安静下来。你和我，在这静静的夜空下，期待着，期待着新年的钟声。悄悄敲响……

　　此时此刻，我们的心情也静如止水。窗外，皓洁的月光如水银泻地，繁星满天的夜空深邃而遥远。我们的思绪穿越时空，串起一个个记忆的光环。我们会想起，年初时许下的愿望、作出的承诺；我们会记得，春天的雨丝，夏天的阳光，秋天的落叶，冬天的飞雪。365个日出日落，一年四季的交替更迭，带给我们新的磨炼，新的经验，新的收获。静谧中，体会成功的喜悦，咀嚼开拓的艰辛，品尝生活的滋味，祈盼幸运的降临。我们好像有一种忽然长大了的感觉。面对成功，我们不再激动和张狂；面对艰辛，我们不会怯懦和迷茫。少年的童稚和天真，依然藏在心底，对同事，对朋友，对生活中的每一个人，我们依旧奉献爱心，用真诚去换取友谊和心灵的纯净。理想中的虚幻和缥缈，虽然还有些许，但我们正在用勤奋和踏实来书写自己的人生履历。

回首以往，也许我们会发现，生活其实很平常。不是吗？虽然你的信用社办公室依旧在陕北的窑洞里，而我的银行办公室在特区的摩天大楼上；虽然我每天依旧把算盘拨得噼啪作响，而你的计算机已实现了电子联网；虽然你工作在分行，我工作在总行。每天每天，我们都一样地裹在上下班的人流里，脚步匆忙。清晨，迎着朝霞；夜晚，踏着星光；夏天，染一片热烈；冬天，披一身风霜。凭证、账簿、报表、数字，每天在我们的手中流淌；洗衣、做饭、接送小孩，每天都是同一篇乐章。这样的生活，的确很平常，但真正安然地接受一份平凡的人生，也是一种挑战。认真做事，老实做人，今生无怨无悔，这也是完美，也同样辉煌。

此时此刻，我们还有许多愿望：家人平安，友人健康，工作顺心，爱情芬芳……让新年的钟声带着我们的祝福敲响，在夜空下，在心灵里长久地激荡。

新的一年　新的祈盼[*]

今夜，让我们把重重的心事放下，把无尽的思虑也放下；把失意的不快放下，把成功的喜悦也放下；把手中的工作放下，把干不完的家务也放下。让我们静静地祈盼，祈盼新的一年的到来，祈盼着吉祥和幸福的降临。让我们轻轻地祝福，祝福我们亲爱的读者朋友，祝福辛勤的金融会计工作者，祝福那些所有关心、支持、爱护金融会计事业的人。

此时，我们不必把自己沉浸在记忆里，去细细回味一年来的匆匆脚步。往事就如散落在地上的水银，颗颗粒粒闪闪烁烁，但却没有一粒可以捡拾起来。更

---

* 本文写于 1998 年底。

何况如果记忆中有太多的叹息和追悔，岂不加重了人生的负荷？过去的一年，也许你有许许多多的收获，有丰丰硕硕的成果；也许你经历了改革的洗礼，走过了一段坎坷。但也不必灰心，只要你努力了，付出了，果实正在成长，回报不会即时交割，也许是"T＋1"，也许是"T＋2"，也许要更多的等待。

此时，我们在静夜中期待着新年的钟声。当钟声敲响的时候，一切都是新的：新的一天，新的一年；新的起点，新的历程；新的感悟，新的经验……在通向未来的路上，我们一往无前，那是因为我们心中，始终镌刻着忠诚的守候，守候着一个希望，守候着一份诺言，守候着一片心愿。于是，路在我们的脚下延伸，明天在我们的面前微笑，阳光在我们的心头灿烂。

岁末絮语[*]

在忙忙碌碌中到了年终岁尾，不知不觉间，一年竟如此快地度过了。在紧张和繁忙中，我们不曾留意日历一页页地飘零，无暇关注时光的流逝，就这样一路走着，由春到夏，由夏到秋，由秋到冬。在现代社会里，生活的快节奏逼迫我们不能再迈着四平八稳的步子，生存和发展的压力迫使我们不能再无所事事地打发日子。每天，都有新的工作在等待我们：计算机2000年问题迫在眉睫，银行会计基本制度的修订势在必行，现代化支付体系的建设刻不容缓，财务管理的强化措施要落实到位……何况，每天还有正常的核算、

---

* 本文写于1999年底。

230

管理的任务需要完成。每天，我们都会面临着新的问题：现金流量表的编制与分析也许刚刚搞懂，金融资产计算问题又提了出来，铸币税，会计信息披露，会计科目管理……加入世界贸易组织后，新的问题也许更多了。个人的成长也需要打拼，学历教育，职称评定，职务晋升，都要我们拿出时间，拿出本事。少了花前月下的浪漫，多了拼搏的磨炼；少了围炉品茗的闲适，多了成熟与坚韧。

回首一年，收获在哪里？其实，每个人都是收获颇丰的。也许你的职务未变，这没什么。你的知识增加了，才干增长了，经验增多了，那就好，你已经为机遇的到来做好了准备。也许你的收入没增加，这也没什么。收入不仅体现在金钱上。你学习上的刻苦，工作上的认真，已经影响了你的子女，他（她）心中以你为榜样，你能不高兴吗？也许你的职称申报未通过，这没关系。内在的丰富和充实，比头衔重要得多。人的辛勤付出和收获，在一段时间里可能不匹配，但就一生来讲，永远成正比。

哦，朋友，在忙和累的时候，别忘了抽空放松自己。离开城市的喧嚣，离开钢筋水泥的冷峻，到郊外去，到乡下去。看野草旺盛的生命，听小溪欢快的歌唱，看一望无际的稻田，看斜阳里的羊群，炊烟袅袅下的村庄，水面嬉戏的鹅鸭，地里劳作的农夫。这一

切，让你感到自然和亲切，让你感到悠闲和适意。你
会看到，什么是生活的原生态，什么是社会和时间的
叠加。

祈福新千年[*]

　　百年的风云激荡心间，千禧的激情涌向笔端。全世界齐声欢呼，五大洲共同祝愿，全人类牵手迈入2000年。

　　辞旧迎新的时刻，我们有太多的眷恋，也有太多的感叹。一个世纪的辉煌渐去渐远，一个千年的历程已掩入历史的云烟。往昔的时光，化做遥远的牧歌，在心灵深处轻轻吟唱，从前的岁月，变为轻盈的白云，在浩渺的长空淡淡飘散。

　　辞旧迎新的时刻，我们有太多的心愿，也有太多的企盼。把目光从过去转向未来吧，眺望的目光一定

---

[*] 本文写于 2000 年初。

深邃而又敏锐；把思绪从回忆向展望聚敛吧，睿智的思维一定宽广而又久远。我们站在世纪之巅，站到了新的起跑线。

远离失望和沮丧的困扰，我们所有的希望都会变成现实；抛弃妒忌和仇视，友爱和互助会充盈于我们之间；清除内心的狭隘、自私、短视和封闭，让热烈的阳光照耀我们的心扉，让和煦的春风吹过我们的心田；扔掉冷漠、傲慢和偏见，用热情、祥和、真诚的笑脸迎接每一个人，迎接每一天；不再怨恨，不再争吵，心境平和，生活吉安。不再用"难得糊涂"作人生信条，也不再说"江湖险，人心更险"。让爱情漫步在月光下，让歌声响彻在星空里，让温馨珍藏在生活中，让祥瑞飘浮在头顶上。

有了真诚的人，才会有真心的回报，才会有真诚的世界。那时，河水清澈，天空湛蓝，绿草如茵，鲜花璀璨。我们流连于春光中，我们徜徉在丰收里。为新千年祈福，用我们净化的灵魂，给我们自己，也给我们的后人。

关于新世纪[*]

不是谶语，不是梦呓，是一首新世纪的畅想曲。

不是童话，不是寓言，是用憧憬写就的新世纪诗篇。

不是幻想，不是漫谈，是新世纪远景蓝图的展现。

站在新世纪的起点，我们浮想联翩。波诡云谲的历史里，演绎了多少慷慨悲壮；风起云涌的往事中，涌现了多少侠肝义胆。曾经的屈辱、艰辛和苦难，依然痛在心间；绵延的自大、愚昧和麻木，葬送了多少发展机缘。不再痴迷于"泱泱中华，地大物博"的想象中，不再陶醉在四大发明的旧梦里，不再沉溺于夜

---

[*] 2001 年 1 月，新世纪起航之时，有感而作。

郎自大的封闭中。面对奴役，我们挺身抗争；面对差距，我们奋起追赶。新的世纪，新的使命，新的创造，新的辉煌，激越三山五岳，荡击着你我，昂首迎接挑战。

乘着新世纪的巨轮，在新年的钟声、欢快的乐曲、簇拥的鲜花中，我们开始了一个世纪的远航。举目四望，远方晴空万里，海天一色，阳光灿烂；近处细波粼粼，微风习习，海鸥点点。和平和发展的两大动力，鼓动着风帆；科学和创造的两股热流，汹涌着波澜。知识经济，给新世纪以无限生机；新世纪为知识经济，开创了广阔的地域和空间。纵使我的想象如大海般浩瀚，也无法想象出新世纪的明天；纵使我的才思如山泉般奔涌，也无法描绘这个世界的未来容颜。信息技术，电子网络，会怎样改变我们现有的概念！纳米，这么一个肉眼看不见的东西，会带给我们怎样的惊奇与新鲜？DNA、人类基因族谱、克隆技术，会让人类的平均寿命有怎样的迁延？外层空间技术，会带我们到哪个星球去探亲访友？无土栽培和种植，会怎样方便人们的一日三餐，会让整个世界都变成森林和花园？还有智能人呢？也许我们今天的劳动组织形式，关于银行、关于学校、关于交易、关于货币、关于会计核算体系，都会改变？我们真的无法想象。

不是在想象中走向未来，也不必让历史告诉未来。

今天，当新世纪巨轮起航的时候，我们带着理想，留下了过去的骄傲。我们用人类的智慧，还有人类的勤劳，踏踏实实地前进吧！我们会把收获装满，会用浓重的色彩，把历史写得璀璨。

贺卡知我心

　　飘雪的日子，也飘来了贺卡，纷纷地，落在案头。一缕温馨，一个惊喜，一份关爱，也悄然飘落心头。

　　从阳光婆娑的南海来，带来了海风的轻柔；从风雪载途的严冬来，带来了冰雪的晶莹；从黄褐光秃的黄土高原来，带来了依旧的质朴和敦厚；从层峦叠嶂的十万大山来，带来了山野的清新和自然。从大洋彼岸来，从英伦三岛来，从一衣带水的邻邦来，从花园国家的狮城来。来自于亲人，来自于朋友，来自于同事，来自于自谦的"小会计"，来自于素未谋面的读者，亲人的牵挂，朋友的祝愿，同事的问候，都似一股爱的清泉，汩汩地注入心灵的憩园。

　　把贺卡展示在书橱里，把贺卡串起来，挂在办公室的四周，伴着新年将至的喜气洋洋的气氛，室内也因之五彩缤纷，氤氲着融融暖意。于是，快乐和幸福感染了我，也感染了你，感染了周围的每一个人。也感染了冬日里的太阳，笑眯眯地慈祥地要探个究竟。节日过后，把贺卡小心地收藏起来。和往年的贺卡放在一起，也把祝福和关爱一同珍藏在心里。时光流转了、友情永久地横亘在年轮的交接点上，无休止地延续着。社会浮躁了，贺卡承载着人性复归的使命，闪现着人性底蕴的亮色，让纯情和友谊，拒绝污染。

感谢纷至沓来的贺卡，感谢寄卡的人。

把这篇卷首语制作成一份大大的贺卡，给所有的金融会计工作者，给所有的读者，给编辑部的同志们，给所有的朋友和亲人，用我们的爱，谱写一支真诚的交响乐曲；用我们的情，抚慰岁月风霜的划痕。捎去祝福，捎去好运，捎去爱心。

愿新世纪的曙光永远照亮你的道路，愿你的人生一帆风顺。

工作着是美丽的 夜月聽鐘

工作——我们谋生的手段，实现人生价值的所在，为国家和社会发展尽责任的地方。我们一生中最好的最长的时光都是在工作中度过的。

怎样享受工作的美丽?把心态调整到平衡，对于工作中的烦恼和压力都乐观地信心百倍地去应对。心情放轻松了，压力就小了，烦恼就少了。

作为一位行政官员，在工作中，和同事明确上下级关系，认真严格地要求；离开工作，大家就是朋友，就是兄弟姐妹。倾听和沟通，亲切和平等，自然和随意，才会有领导者的亲和力、感召力和凝聚力。

把做人、做事的道理和准则，把工作规范和职责，把政策、制度的理论基础，都化做轻风细雨，化做轻声细语，用一种活泼的笔调写出来，和大家交流，才会真正赢得尊重。

当人们尊重的是你的个人，而不是你的职位的时候，你不会因职务变动而失去朋友，失去尊敬。人们会永远地记着你。

感动[*]

亲爱的同事们：

  2 月初的一个周末午后，当我提笔写下这篇文字的时候，没有任何关于我将要离任的迹象。也许，当我在构思这篇文章的题目、内容、文字，或者当这些感动蕴积于胸腔之中时，就已预示了我和你们的离别？我真的不知道。

  四年前，也是这个季节，我离开人民银行来到外汇管理局，从此与你们结识，一起工作，度过了一段难忘的岁月。四年后，又是这个季节，我又回到人民银行，从终点回到起点。

---

[*] 2005 年 4 月，离开外汇局回到人民银行任职时，写给外汇局的同事们。

就让我的这篇文章作为我的告别演说吧，把它送给局机关的 300 多位同事，送给全系统 5575 名见过和没见过的同事们，你们感动了我，愿感动会继续。

我到外汇局工作已快四年，常常有熟悉的旧日同事和朋友问起我的感受或感想。每每听到这样的问话，我就会陷入沉思之中。四年的时光不算短，工作中，感受和感想也时时产生：岁月流淌让我感叹时不我待，工作挑战让我感到改革任重道远，决策拍板有时让我如履薄冰，有了成果让我舒心愉悦……真的，感受很多，感动也很多。

一

外汇局是个小机关，1998 年国务院机构改革时，定编公务员 140 人，另有 138 个事业编制。这几年，由于管理的任务越来越重，管理的外汇储备资产越来越大，事业编制增加了一些，但人手仍然紧。由于人少，许多在大机关里由一个司、一个处承担的职责，在这里就变成了一个处、一个人的职责了。我分管的综合司是最典型的。比如，在大机关里，公文核稿有专门的处，综合司秘书处是一个岗位，就一个人核稿；许多部委有条法司，综合司只设一个法规处，编制 5人；许多部委有外事司（或国际司），综合司只能设一个外事处，编制 3 人。综合司的政策研究处，承担了写作班子、政策研究、理论研究、课题研究的多项工作，但只有 6 个人，而大的部委有专门的研究院或研究局或研究所，人呢，则从几十人到上百人。

人手少，工作量并不少。去年一年，外汇局各种发文 1059 件，这里的一个文题、主送、抄报、抄送、主题词等等，文件上的一字一句，一个标点符号，都是要核稿的呀。去年一年，外事处接待安排了 348 批外宾来访，平均每个工作日就有 1.4 个外宾团组来访问；外事处还办理了 163 个团的 382 人次的出访。这里的每一件事，从接收对方信函、确定主谈、安排会议室、写签报报我批准，从组团到与拟访问国家的接待单位联系，到办护照、办签证，哪个环节不都是他们几个人忙活过来的？再说法规处，凡局里对外对内发布的法规性文件，都要经由他们把关，看法律依据、与以前文件的衔接、与其他法律有否冲突等等；局里发布的处罚通知书，他们也要审核适用的法规条款准确与否，事实是否清楚，处罚是否得当；其他部委起草的与外汇管理相关的法律法规草案，他们也要参与修改审核；此外，他们还负责保税区、出口加工区、保税港、物流中心、保税区和保税港联动等方面的外汇管理办法的制定等等。新闻信息处呢？四个人的编制，从去年 1 月 5 日到 12 月 30 日，就外汇政策和工作、外汇形势和热点等问题，共发布新闻稿 65 篇，组织电视报刊等媒体到外汇局采访 19 次，准备宣传口径 38 份，接收了分局和总局各司报来的信息 2900 余篇，向上报送了 84 篇，还连续几年被中办评为信息报送先进单位。文档处呢，负责保密工作，会议会见外宾的摄像摄影，公文机要交换，文件档案管理，与分局、与其他部委、与领导机关来往的文件都从这里经过。这些事情也只安排了 4 个人。秘书处除去局领导的秘书，剩下的 3 个人就忙于会议安排，会议纪要，和领导机关、部委、分局的工作联系，公文运转等诸多事务了。而政策研究处的 6 个人，也常常是忙得"连轴转"，除了起草局领导的讲话稿外，2004 年一年，就有汇率、人民币可兑换、国际收支平衡等九个大课题的研究工作在手上，还起草了 20 件专题报告，编发了 30 期内部研究报告。

写到这里，我想起了中央电视台《焦点访谈》节目开始时的字幕："用事实说话"。

人手上的捉襟见肘，就只有靠勤来补了。看着他们忙而不乱的节奏，看着他们来去匆匆的脚步，看着他们埋首书案的姿势，你不由得不敬佩。而当日落下班后，办公室依然亮着的灯光，灯光下依然投入的神情，我又不由得不心疼。要知道，机关里公务员加班是没有工资的，最多是给点加班补助，但这点钱，只够买一份盒饭吃。

二

去年 8 月底到 12 月，我分管国际收支司，短短四个月，是我分管时间最短的一个部门，但我对这个司同事们的印象并没有因为时间短而淡薄。同样，这是一群踏实而又诚实的同事，这是一个默默无闻、埋首于工作的集体。他们的平均年龄只有 33 岁，全司 30人中，硕士占了 2/3，博士占了 1/10，大学本科 6 人，70 年代以后出生的 18 人。他们很年轻，年轻的心却并不浮躁，他们的心很静，但不等于没有波澜。他们有自己的追求，自己的憧憬，自己的理想、希望、期盼。但所有这些，似乎都与他们的工作连在了一起，与他们的职责连在了一起。

去年的 12 月 18 日，一个普通的周末，在北京的冬天的郊外，天气有些阴，也有些冷。国际收支司 27位同事聚在一起，讨论了整整一天。27 位同事都发了言，就连入局刚几个月的同事，也谈了看法，提了建议。他们谈什么这么热烈？这么投入？原来，大家谈的是工作，是改进和完善外汇统计工作。其实，这些年来，外汇统计工作从无到有，一点点地发展。现在，结售汇统计、国际收支统计、外汇市场统计已自成体系，各有侧重。以国际收支统计为例，2004 年的收支金额就达到 12063 亿美元、1829 万笔、申报的企业达

26.5 万家，分别是 20 世纪末的 2.8 倍、2.4 倍、2.1 倍。这些数字的变化，表明了我们国家涉外经济的发展历程。尽管工作量成倍的增长，尽管我们的国际收支统计得到了国际货币基金组织的肯定和好评，但我的同事们不满足，他们着眼于维护国际收支平衡，着眼于国家经济安全，从统计体系的设计、理念的更新、数据的透明度、工作的协调、统计建设条件提出了许多好的建议来。发言的 27 位同事中，直接从事统计的只有几个人，但其他的同事一样地孜孜以求，一样地思考、探索。

最近三年来，国际收支司的人没增加，但工作范围又扩大了多少？工作方法又改进了多少？局外的人也许并不知道。

——贸易信贷抽样调查制度建立了，去年 2 月、8 月两次组织对全国 13 个地区、5000 多家进出口企业进行抽样调查，深入掌握了我国贸易信贷状况，使分析和决策的依据更为科学；

——出口换汇成本监测制度建立了，为健全人民币汇率形成机制做了积极探索；

——边贸货币流通监测体系建立了，对推进双边贸易结算，打击边贸地区外汇黑市提供了必要的信息支持；

——外汇黑市监测从 2001 年建立，现在已扩大到

9 个省市，为整顿外汇市场秩序，打击非法交易提供了参考依据；

——中国国际投资头寸表第一次编制了出来，对我国对外金融资产和负债存量状况做了匡算，对全面反映我国涉外经济发展状况，分析我国对外债务的可持续性和偿债能力，确定我国在全球经济领域的地位，这是十分重要的；

——国际收支风险预警系统建立了，每个季度都有分析报告，定期评估国际收支风险状况，对趋势作出判断。

外汇市场改革的研究正在深入，做市商制度，结售汇头寸管理，人民币与外币的衍生品工具，远期结售汇业务，市场的范围、品种、主体乃至于交易机制的深化，都在这里啊。

工作无止境，是因为精神的境界无边。

三

我没有理由不为资本项目管理司的同事骄傲。

谁都知道，外汇体制改革的根本目标是实现人民币完全可兑换。在我国于 1996 年 12 月宣布实现经常项目可兑换以后，资本项目管理就被推到了第一线；当最近三年来，国际收支平衡表上资本和金融项目由逆差转为顺差，资本账户开放的压力陡增；当外汇管理转变"宽进严出"的观念，实行对流入流出全过程的管理，特别是要加强对流入和结汇管理的时候，资本项目管理又义无反顾地走在了前面。压力面前，资本项目管理司的同事们挺起了胸口，他们不是屈服于压力，而是积极找寻、深入探索资本账户开放的道路。

我没有理由不为资本项目管理司的同事自豪。

谁都知道，资本账户开放需要许多条件，是被动地等待条件具备？还是积极推动促进条件的形成？尽管专家们建议，资本账户开放应"先长期后短期，先流入后流出，先直接后间接"地循序渐进，但具体怎样做，没有一个确切的答案。许多路摆在面前，前进？不动？向左？向右？无疑，这是一种选择。选择需要智慧，需要意志，需要信心，更需要决心。我的资本项目司的同事们作出了选择，这种决心和坚定，也许与他们的年龄不相称。全司 26 人，平均年龄只有33.8 岁；但与他们的能力和智慧相称，毕竟 26 人中，一位博士，19 位硕士，其余 6 人要么双学士，要么学士；但与他们的意志和信心相称，他们清楚自己的历史使命。

选择已经作出，脚步也随之踏踏实实地迈出：

——允许保险公司的外汇资金用于海外证券市场投资；

——允许社保基金投资海外证券市场；

——允许海外上市公司募集的资金留在境外，用于证券投资；

——允许中资、外资跨国公司、企业集团的外汇资金跨境运作；

——允许已经移居海外的移民个人财产变现后购汇汇出，允许继承的境内遗产变现后购汇汇出；

——允许国际开发机构在中国境内发行人民币债券；

——允许24个省级外汇管理分局有权批准当地企业购汇到境外直接投资。

资本账户开放正在有序进行。当然，这些资本账户开放的重大决策，是全局、是各部门、是国务院领导的共同决策。资本项目管理司的同事们只是政策的具体设计者，是从若干方案中作出选择。选择，并不意味着责任的解脱。开放，更意味着管理，更要求管理的严密精细和谨慎。资本项目司的同事们，在开放的同时，始终警惕地注视着可能的变化，在加强流入的管理上，他们也下了工夫。

——调整外资银行借用外债管理政策，实行总量控制，取消外资银行外汇贷款结汇政策，实行国民待遇；

——均衡管理外国合格机构投资者，合理控制额度审批节奏，窗口指导QFII的投资分布；

——对外商投资企业借用外债控制在投资总额和注册资本的差额以内，对资本金和借用外债的结汇，要求企业提供支付指令；

——研究完善贸易信贷统计，使短期外债数据更为准确，研究建立外债高频监测体系……

我想起了2003年12月30日的下午，在局机关新年联欢会上，资本项目司的全体同事站在台上，齐声地、庄严地、坚定地说："即使资本账户完全开放，我们这批人也不会下岗，我们还要为国家经济安全构筑屏障。"

他们的认识很清楚，也正在做。我欣慰。

四

国家外汇储备已经达到6099亿美元了，好大的一笔资产啊！"放到哪里了？"有朋友问。也许有人想象，国家外汇储备就像许多物资储备一样，在某个地方，有一座库房，里边是美元、英镑、欧元、日元……

在北京金融街旁的平安大厦四层，中央外汇业务中心，也就是国家外汇管理局储备司所在。105个人，管理经营着这6000多亿美元的资产，人均管理近60亿美元——近500亿元人民币。而如果只按前台——搞投资的同事计算，人均管理的资产就达到200亿美元，是全世界人均管理外汇资产最多的啊！

今年正月初七，春节长假的最后一天，郭树清局长带着大家，踏雪来到了平安大厦，看望春节坚守在岗位上的储备司的同事们。偌大的平安大厦里，少了往日的人来人往，少了往日的喧闹，一片静谧。在四楼交易大厅，连接世界主要金融市场的路透信息，在屏幕上时时闪烁，储备司的交易员坚守在岗位上。春节期间，虽然上海外汇市场休息，但储备司的交易员仍然要值班。他们值班，不是来看报纸、看电视、打电话来了，他们要关注外汇市场的变化，要抓机会。这个春节，几天时间里，美元兑欧元汇率波幅达到2.4%，我们的交易员，就抓紧做了167笔，就赚了一些。拜年时人们说的"早发利市"，在这里实现了。

前台交易不停，后台的清算就必须跟进。不仅是在白天，就是夜晚，这里永远有我的同事在。由于时差，处在不同时区的国际外汇市场24小时接连交易，不同市场之间、不同投资品之间的价格变动，都在储备司同事们的掌握之中。

春节时的平安大厦，有了我的同事在，就平添了许多莫可名状的生动。储备司的交易大厅里，并非如我们所见过的一些股市交易所里人头攒动，声音鼎沸。这里通常都很安静，交易员们盯着屏幕上跳跃的数字，时而写下什么，时而轻声交谈，时而操起电话，一连串的英语叽哩咕噜地通向了也许几千公里也许上万公里之遥的另一个市场，另一个交易对手，也许是交流信息，也许是谈交易。屏幕上的每一下变动，交谈中的每一个细节，都被我们的交易员捕捉、思考着。不仅是工作的八个小时之内，即使回到家里，他们也关注着。

一个和谐、高效有序的机构运转，需要一个科学的组织架构，在储备司里，战略规划处负责分析市场，研究经营策略和投资基准；前台投资部门根据投资基准和市场情况进行投资操作，风险管理部门负责制定风险管理政策和监控指标体系，评议市场风险、信用风险；合规处负责全面审核投资操作和其他环节的合规性；清算部门负责交易确认和发送清算指令；会计部门负责成本收益核算、财务分析和业绩评估；内审负责审计、防范道德风险。层层授权、交叉复核、相互监督制衡，但又分工合作、相互配合，正是这样的机制和组织框架，正是这样一批学历高、年轻化、敬业进取的队伍，正是他们扎实的专业技能和国际化的思维视野，正是他们爱岗诚信、严谨务实、低调自强的职业操守，才让我们放心地把这 6000 多亿美元的资产交给他们去经营运作啊。

与投机性资产管理机构不同，储备的经营原则是"安全、流动、增值"。在这样的原则下，储备经营采取了适合大规模资产运作的投资基准管理模式。但是，去年一年，储备新增资产就达 2067 亿美元，平均每个工作日，就有 8 亿美元面临着投资选择。而美元贬值、油价上升、形势多变，金融市场上风云起伏，无一不是考验，我们的储备司又是市场上最大的投资者，多少人盯着我们的一举一动啊。但我的储备司的同事们准确地把握了市场的变化，快速反应，确保了储备资产的保值增值。

有人问我："储备经营一年赚了多少钱？"我笑笑，说："第一，不告诉你，这是秘密；第二，我怕说出来；吓你一跳。"

国家外汇管理局，一个 300 多人的小机关，每天都有令我感动的事情发生。我常常地想："这个集体的文化是什么？氛围是怎样形成的？"我总想寻本探源，找出一些经验来，也许基本的经验就在于：超负荷的工作让他们无暇顾及其他；良好的教育背景让他们有了自我塑造；是这里的各级领导班子带了好头；是年轻人的价值观的选择；是局里人事司选配干部时的公正和细心……似乎是，又不尽然。要知道，近朱者赤，近墨者黑，加入外汇局这个集体，就把自己融入了一种文化、一种约束，一种环境之中，就自觉地接受熏陶，接受感染，就真的成为这个集体中的一员，就有别一样的美丽、隽永。

在金钱越来越成为衡量一个人价值的标准的风气

里，我的同事们坚守在自己的岗位上，他们一生注定
了要与名车豪宅灯红酒绿无缘。数据、报表、政策、
公文，一些人看来枯燥的东西，却在他们眼里鲜活起
来，轻轻地拨动着我们的心弦……

不该惶惑和茫然

我们生活在这样一个热闹喧嚣的环境里，时光的脚步匆匆，生活的脚步沓沓。中国在改革开放中大步前进，每天都在发生日新月异的变化。当生活变得越来越五彩缤纷，事物变得越来越扑朔迷离的时候，我们不免有些惶惑，有些茫然了。作为中央银行的工作人员，我们常扪心自问："我们该干些什么？我们该怎样干？"

能够提出这样问题的同志，是热爱中央银行事业的人，是想为金融事业发展、为建立社会主义市场经济体制作贡献的人，也是研究问题的人。我们希望在中央银行工作的每个同志，都结合自己的工作，深入思考一下类似的问题。

该干些什么？答案是清楚的。依据《中华人民共和国中国人民银行法》的规定，中国人民银行有11项职责。将这11项职责归纳分类，大致可分为：一是制定和执行货币政策；二是金融监管；三是金融服务。在宏观金融调控权集中到总行，人民银行分支行转换职能后，分支行承担的主要职能就集中在金融监管和金融服务方面了。

职责清楚了，问题的关键在于怎么干，怎样才能干好。这里，最基本、最重要的前提条件是转变观念。转变观念，首先要求我们正确认识中央银行的工作。作为中央银行的工作人员，不对企业和个人办理具体的信贷业务，我们不应有失落感。在职能转换中，我们也不应无所适从。就我们承担的职责而言，我们的工作任务是十分繁忙的。仅就金融监管来说，我们应该详细了解辖区内的银行分支行和非银行金融机构的业务状况究竟怎样，管理上还有哪些具体的漏洞，他们开办了哪些新的业务，是否经过批准，是否有制度来规范所有的业务活动，已制定的业务制度是否得到了有效遵守。作为监管当局，我们是否应该定期对辖区内所有金融机构的业务和管理状况进行分析，提出分析报告呢？如果我们做到了这些，我们监管工作就由被动落实转为主动开展，转变观念就和实际行动结合了起来。

　　转变观念，还需要我们真正认识适应社会主义市场经济体制的金融体系，金融业务需遵循的基本原则。例如，就商业银行而言，是一级法人体制，全行范围内资金统一调度，财务上统一核算，经营上统一管理。商业银行的分支行及内设机构不是独立法人。因此，分支行绝无权力投资办各种经济实体，所有业务活动，包括信用卡部、国际业务部、房地产信贷部等的业务活动，都应纳入所在分支行的核算之内，不能单独核算。作为中央银行的工作人员，应尊重商业银行和其他金融机构的经营自主权，但对他们可能危及金融体系安全和存款人利益的任何行为，都应纳入监管范围之内。

　　就金融服务而言，我们应当寓管理、监督于服务之中，例如，我们办理货币发行业务，就要监督市场流通中现钞的整洁程度，管理商业银行按规定办理残破币的兑换；办理国库业务，就要监督每一项支出和收入都符合国库制度的规定，坚决制止不符合规定的转移开支和收入行为；办理会计业务，就要监督商业银行及时支付，防止占用联行和他行资金，当前还要防止商业银行设账外账等等。

　　所有这些，就是把中央银行执行制定货币政策职能、监管职能、服务职能有机地结合起来。事实上，中央银行的这些职能是相互联系的。我们真正从履行中央银行职责出发来开展我们的工作，我们就会在紧张的工作中感到充实，在繁忙中感觉踏实，用我们的行动，实实在在地推动改革。

让我们从我做起，从现在做起吧。

问问自己

不是问苍天，也不是问大地。作为金融从业人员，每个人应问问自己。

当金融机构不断增加，金融资产迅速扩大，面对改革开放带来的中国金融业的巨大发展，我们是否应问问自己："怎样履行自己的责任？"

当一阵阵震耳欲聋的鞭炮声炸响，火光和硝烟渐渐散去，面对恭贺花篮簇拥着的新设立的金融机构，我们是否应问问自己："怎样始终如一地维护自己的信誉？"

当一项新的金融业务获准开展，我们正兴高采烈地推开之时，面对可能增加的利润，我们是否应问问自己："这项新业务的风险，是否已完全置于制度的控制之下?"

当迷迷茫茫的消息沸沸扬扬地传播，面对证券交易所里万头攒动、群情激昂的场面，我们是否应问问自己："股市历史上那些黑色的日子，我们可曾记得?"

当一张张贷款申请书纷至沓来，面对借款人期待的、盼望的、有的甚至是谄媚的目光，我们就要签字的时候，我们是否应问问自己："这笔贷款的可靠性有多大?"

当营业大厅里顾客熙来攘往，有人不耐烦地敲打着什么，面对客户的催促，我们是否应问问自己："我们的服务还有哪些要改进的地方?"

当琳琅满目的商品和五光十色的霓虹灯，一齐向我们展示灯红酒绿、纸醉金迷的诱惑，面对柜台上、库房里成千上万的钞票，我们是否应问问自己："动心了没有?"

当我们把许许多多的工作制度、纪律乃至个人的道德约束，和现实中的许许多多现象相比较，觉得应该提出许多问题而没有提出来的时候，我们是否应问问自己："为什么?"

问问自己，就是总结自己，告诫自己，是自省、自警、自诚、自重的具体化。

和大家聊聊天

"不是我不明白，这世界变化太快。"当我展开稿纸，应约写下这篇文章的开头时，这句歌词不经意间浮上了脑海，让我思之良久。

20世纪就要过去了，历史学家正在对百年发展进程回顾和总结，新闻媒体调动起一切手段，穿越时空，把历史的画面拉回来，又倒过去。面对21世纪，人类学家、医学家、科学家正以深邃的目光，以前瞻的姿态，对下个世纪的发展作出预言。

作为金融会计工作者，我们在回顾中看到了什么？我们看到了新中国的金融业，怎样在改革开放中，从单一的银行走向多元化，从传统的存贷款业务走向银行、证券、保险的分业经营和分业管理，从拨算盘到使用电脑。所有这一切，不过几十年的事情，我们看到了，我们经历了，我们的感受是深刻的。

面对下个世纪，我们又想些什么？世界经济一体化，金融全球化，进入了知识经济时代。知识经济的最大特征，也许就是使人总是不断地向前。看到未来的银行将是"3A"银行（Any where，Any time，Any how）时，我们对比之下的金融服务效率，我们的管理水平，我们的经营成果，无不令我们汗颜。东南亚金融危机虽然没有直接冲击我们的金融体系，但我们却没有任何可以骄傲的理由。要把我们的金融业搞好，我们的道路更长，也更艰辛。

金融会计在发展。当我们以全新的目光审视的时候，我们看到了差距，我们有多少问题亟待解决啊。商业银行如何编制现金流量表？实行权责发生制以后，银行大量的应收未收利息，或作为营业收入缴了税，或作为利润上交了财政，或作为收入花掉，但倘若应收未收变成了实实在在的应收收不回来，由此留下的亏空如何弥补？柜员制在一些银行的支行推行了，这对传统的钱账分管/双人临柜的制度要求提出了挑战，柜员制的原则应是怎样的管理制度？实行审慎的会计原则，金融机构的资本充足率，一般呆账准备金和特别呆账准备该怎样计提和使用？信贷资产实行五级分类，从会计管理上如何考核和调整？银行的暂付款科目和企业的暂付款科目在性质上有何不同？那大大小小的花钱的水龙头由谁来开关？商业银行的内部控制与会计核算是怎样的关系？银行的待处理抵债资产，实际上是货币资产变为实物资产，对商业银行的流动性有怎样的影响？等等，等等。当我想及此，笔端似有外部的力量操纵，使我难以停笔。作为人民银行的会计司司长，单是考虑人民银行的会计核算管理和财务管理，这其中值得研究的课题就已经够多了。倘若再把眼光放大到金融机构，我们的差距、需要研究解决的问题就如山一般地压下来。

因此，作为《金融会计》的读者，我真希望，我们能够紧密地围绕这些现实的东西展开讨论。这样做，就把《金融会计》和金融中心工作，和我们广大的金融会计工作者、会计理论研究者，和领导们的思考紧密地结合了。于是，就会有阳光、雨露、肥料自动地给《金融会计》，就会有人呵护、关心《金融会计》的成长。

阳光下 [*]

已经是烈日炎炎的夏季了。窗外，阳光火一样地炙烤着大地。建筑物的玻璃幕墙反射着耀眼的光芒，长长的柏油路蒸腾着灼人的热浪。路边的树、花园里的草，仿佛在沙漠中长途跋涉的旅行者，显出疲惫，但依然带着清爽和湿润，给人们以希望、慰藉和支撑，昭示着生生不息的精神。

就在这炎炎的夏季，会计财务司举办了中国人民银行中心支行会计处、科长培训班。这是会计财务司第一次举办这样的培训班，是新的尝试。短短一周时间里，我们共同分析了近年来发生在中央银行会计部

---

[*] 本文写于 1999 年 7 月。

门的几起盗用联行资金的案件，从而思考中央银行会计管理的要义；我们共同听取了商业银行会计改革的介绍，了解商业银行财务管理与核算的实践，研究商业银行财务成果真实性的分析思路和方法；我们还"跳出三界外"，学习了中央银行货币政策的间接调控、金融风险与金融监管的理论和实务；我们还着眼于未来，共同探讨银行现金流量表的编制与分析方法。当然，这一切，都和我们中央银行会计工作职能密切相连，仍然是"尽在五行中"。

在我的办公桌上，放着这批培训班 189 名学员的名单，他（她）们来自全国各地，从北国到南疆，从高原到盆地，天山南北，大江两岸。他（她）们带着对新知识的渴望，对未来的希冀，带着履行职责的困惑，来到了北京。在改革开放大潮下，每个人感到的不仅仅是发展、竞争的压力，更感到生存的压力。那种学了一阵子，可以用一辈子的事情已经一去不复返了。我们惟有充实自己，才能在竞争中站稳脚跟。就如这路边的树，如果不是根植于大地，不断地吮吸水分、阳光和养料，只怕要被这烈日灼干，被大风折断，不可能成材。

学习班上也有遗憾，有人投机取巧。南郭先生总是有的，亦如有阳光就有阴影。

金融，超越国界[*]

　　初夏的一场雨，不大不小地下了一个晚上。京城到处湿漉漉的，树木更加葱郁，空气沁人心脾。人们忙碌中的浮躁的心情，也因为雨水的浸润而安静和恬适了些许。就在这清新的环境里，我们，来自中国人民银行会计财务司、分行、省会中心支行及各国有银行财会部门的代表，和几位高鼻子、蓝眼睛的外国专家在一起，研讨一些新的课题——改善会计标准，提高财务报表的透明度。于是，在金融会计知识和业务领域，我们又打开了一扇新的大门，探索了一个新的方面。尽管三天的研讨内容十分丰富和广泛，尽管每

＊　本文写于 1999 年 6 月。

天的研讨内容安排得满满的，我们还是感到不够。我们也许刚刚了解，也许还有许许多多的问题，有许许多多的疑问等待解答。

金融市场已逐渐超越了国界，中国对外国金融机构已敞开了大门，外资银行可以在中国的任何一个城市设立分行，中国的银行也已走出了国门。如同我们到了一个陌生的地方都要入乡随俗一样，参与金融市场活动的投资者，包括商业银行、机构投资者、多国公司、各国中央银行，都迫切想要依据一些统一的会计标准，掌握并对一个国家的金融市场方面的会计信息进行分析，以便作出正确的投资决策。这是金融一体化下对金融会计的要求。外国投资者也迫切要了解中央银行的资产负债状况，从这里看到了中央银行也正面临着以前没有遇到的风险：内部控制不严所带来的损失或犯罪，为实现货币政策目标而采取的操作措施，向有问题金融机构提供的贷款支持，等等，这些，都已经发生过。现实工作中，由于会计标准不一致，对金融机构资产负债的分析结果就可能是五花八门，让人无所适从。因此，加入世界贸易组织也罢，走出国门参与国际金融市场竞争也罢，会计标准的改善，透明度的增强，都是必不可少的。

研讨会结束的当天晚上，会计财务司在北海仿膳设宴答谢外国专家。觥筹交错，酒酣耳热之际，我们谈论的话题也多了起来。中国的历史、文化，中国的今天，对外国专家依旧有莫大的吸引力。当我们沐浴着溶溶月色，在北海湖畔边走边谈，湖的那一岸，耸立着现代北京的高楼大厦，白云在楼顶上飘移，夜色中如海市蜃楼一般。身边，就是过去帝王们消遣休息的所在，红墙绿瓦，飞檐斗拱。传统，依然诱人；现代，更令人心驰神往……

城市·会议·人[*]

——关于中俄第 12 次分委会

  LH1464 航班从法兰克福起飞的时候，就晚点了一个小时，这已是北京时间 6 月 21 日的凌晨 1 时，法兰克福当地时间晚 7 时。经过三个半小时的飞行到达俄罗斯下诺夫哥罗德时，已经下降的飞机又抬起机头，爬高后在夜空中盘旋。从飞机的舷窗向外望去，机翼下方的不远处，一道又一道的闪电划破漆黑的夜。终于，飞机在绕了 40 多分钟后，降落在湿漉漉的跑道上。

  疲惫不堪的我们到达酒店，入住后已是当地时间

---

* 2011 年 6 月 20～24 日，在俄罗斯下诺夫哥罗德市参加中俄金融合作分委会第 12 次会议，回京后 7 月 11 日完成此文。

273

凌晨 3 时，北京时间早 7 时，已经起床的时候。

一、下诺夫哥罗德

天亮了，雨停了，我醒了。我拉开窗帘，用惺忪的眼睛，打量这座陌生的城市。

经过一夜雨水的洗礼，刚刚从睡梦中醒来的城市，一如我一样的慵懒和懈怠。太阳刚刚升起，大朵的白云轻轻移动，清新的空气湿漉漉地坠落到地面之上。酒店大门外的广场上，偶尔有人漫不经心地从高大的列宁铜像下走过，三个小青年在铜像底座的台阶上站着闲聊。酒店窗前的苏维埃大街上，公共汽车不疾不徐地行驶，上车和下车的人们也不慌不忙。沿着伏尔加河的人行道上，不见中国城市晨练的一群群人，只有三五个人走在晨曦中。而伏尔加河宽润平静的水面上，除了岸边泊靠的游轮，鲜见其他的船只，更无汽笛声惊扰清晨的安宁。

太阳越升越高，马路上的行人、汽车也突然多了起来。走路的人加快了脚步，汇集到一起的汽车越跑越快。马达的轰鸣，喇叭的鸣叫，也阵阵涌来。喧嚣代替了安宁，城市生活的步伐快了起来。

只有伏尔加河，全然不理会城市生活的节奏，依然缓缓地、日夜不息地流向远方。

我在这个城市的街头漫步。这座有着 790 年历史的城市，显得有些苍老。那些沙皇时代的建筑物，楼面的雕饰图案有的已剥落，斯大林时期的建筑，也还有历史的厚重感，而赫鲁晓夫时期的建筑，就是四四方方的火柴盒形，简单到素面朝天。马路也多年未修，人行道的水泥板有的残缺，有的翘起。楼房墙角处凌乱地长着野草，院落的坑洼处积着夜里的雨水。不见塔吊耸立的工地，只有新修的教堂，金色的元葱头在阳光下闪耀。

我们驱车郊外。广阔平坦的原野一望无际，三三两两的农舍散落其间。田野上的麦子长势正旺，而更多的土地尚未开垦。在蜿蜒的公路旁，成片的薰衣草开着蓝幽幽的小花，暮色中的白桦林寂静得有些忧郁。

我在心里问自己，这就是下诺夫哥罗德，俄罗斯的第三大城市？这就是诗人、文学巨匠灵感泉涌的灵秀之地，普希金祖辈生活的乡村，高尔基的诞生地，苏联时代被叫做"高尔基城"的地方？这就是那座汽车、坦克、飞机、冶金、化工等产业聚集的城市？卫国战争时生产了战场上1/4的坦克？这就是在俄罗斯乃至欧亚都久负盛名的存在了100多年的马卡里集市所在地？何以现在孤帆远影，凭人追忆？

哦，缓缓流淌的伏尔加河，你能否告诉我，俄罗斯——这个古老的民族，过去的辉煌和荣耀，今天的思考和探索；你能否告诉我，俄罗斯——这片古老的土地，曾有的磨难和变迁，未来的图画和远景。

二、第 12 次金融分委会

第 12 次金融分委会的会场在雅尔·马尔卡大楼。100 年前，欧洲的商人沿伏尔加河来到下诺夫哥罗德，作为商品交易所的这座大楼曾经商贾云集。今天，两国金融界的 120 多人在这座大楼的徽章大厅里讨论金融合作，我和梅尔尼科夫共同主持。

会议的议题分为 6 个单元，48 位代表正式发言。第一天的会议从上午 9 时到下午 7 时，中午午餐的时间不到一个小时。第二天的会议原定半天，但是也开到了下午一时多。虽然限定每位发言不超过 10 分钟，但大部分超过了时限。其间，双方意见相左时，助手要补充，要辩解。我和梅尔尼科夫也要时时插话，或追问，或解释，或调解。我们要代表各自的利益，但又要把握会议的进程和气氛。这就苦了我和梅尔尼科夫，我们坐在那里，不敢须臾离开。我们要认真地听，还要琢磨如何应对。

我们讨论了很多问题。

在互设代理行账户、授信、项目融资、业务审批流程上，相互的抱怨不断。俄方说，融资条件不如西方的商业银行优惠，中方银行不保留卢布头寸，天天调回来换美元。中方说，你们的银行规模小，信用等级不够，开户审批要半年，等等。

我们也讨论了本币结算。从边境贸易到边境旅游，从边境口岸到边境省份，从边贸到一般贸易，从本币贸易结算到本币授信。和五年前比起来，变化多大啊。

我们还讨论了两国货币在外汇市场上的交易状况。去年11月22日，上海外汇交易所开办了人民币对卢布交易，交易额为2.6亿元人民币；而莫斯科银行间外汇市场去年12月15日开办卢布对人民币交易，也买卖了2.4亿元人民币。坦率地说，这个量太小了。我们期待，推进一般贸易本币结算后，对双方货币的需求会扩大，交易规模会扩大，交易主体会扩大，人民币对卢布的直接汇率才能生成。

俄罗斯人也看好中国的资本市场。俄外贸银行还在香港市场发行了10亿元人民币债券，他们还关心中国A股市场的国际板。他们也期待与中国保险公司的合作。

会议最重要成果是两国中央银行签署了一般贸易本币结算协定。

主持这样的会议，我很累。第一天午餐时我本想轻松一下，没想到梅尔尼科夫端着盘子找到我，和我谈起了煤炭产业投资基金的设想，俄对中国的资金和采煤设备都感兴趣。

第一天下午茶歇时，梅尔尼科夫带着助手找到我，一脸严肃地说："马德伦先生，照这样下去，我们的会议纪要就无法签署了。"我问："怎么，有什么问题吗？"梅尔尼科夫说："你们的人很坚持自己的意见，不愿作出修改。"我说："好吧，我来了解一下情况。"我找国际司的刘云和小宋（她们和俄方代表一起讨论会议纪要，一直到凌晨4时），了解到是由于表述方法的不同。我告诉梅尔尼科夫，先把双方的不同表述写出来，我和你再讨论决定。第二天上午，我们一边主持会议，一边讨论纪要的修改，我把中方的表述写实，梅尔尼科夫欣然接受。

第二天中午，已经一时多了，一片面包还未吃完，我就赶回会场，出席新闻发布会。在梅尔尼科夫介绍情况后，我特别向媒体强调了双方签署的本币结算协定，是市场选择的结果，是双方主体规避风险、减少汇兑成本的考虑，是与其他可兑换货币一起提供给市场主体，由其自主决定使用哪种货币结算的。梅尔尼科夫显然认识到了我强调的重要性，在我说完后，立刻说："这几点我完全赞同。"

会议纪要和本币结算协定终于签署，冗长的会谈结束了。我松了一口气，赶回酒店，匆匆收拾行李，搭火车去莫斯科，转机回北京。

哦，对了。第12次分委会开幕是在6月22日。我在致辞中，特别提到了70年前的这一天，德国闪电战侵入前苏联，俄罗斯历史上最惨烈的一页就此掀开，以 2000 万人的牺牲，取得了卫国战争的胜利。这让梅尔尼科夫和他的同事大为感动。

三、梅尔尼科夫

该说说我的这个既是对手又是朋友的俄中央银行副行长梅尔尼科夫·维克多·尼古拉耶维奇了。梅尔尼科夫是他的姓。

认识他已有经年，成为对手是 2007 年 9 月，莫斯科，第 8 次金融分委会。

那一次，我们讨论的主要议题是要签署的"边境旅游本币结算协定"。会议的前半程也还顺利，但到了中国银行机构部的司新春发言时，梅尔尼科夫不让，说他的发言和旅游本币结算"没关系"。我不干了，说："怎么没关系，没有银行，怎么结算？日程是我们商量好了的，现在就是中国银行代表的发言时间。我是中方主席，我说了算。"司新春才得以发言。在研究局汪小亚副局长谈《协定》的修改意见时，梅尔尼科夫颇为不耐烦，不停地打断。我只好请国际司的陈聪舒连同我的语气一起翻译给他，我说："梅尔尼科夫先生，女士发言时请不要打断，有问题等发言后再说。"

第二天中午，会议日程结束了。到了下午 2 时多，才签署了纪要和《协定》。

2008年5月，北京，华融大厦，第9次分委会开幕式后，全体代表合影。第二天，我把照片送给梅尔尼科夫。他指着照片上头排中间他身旁的我说："You are strong man."10月，我随岐山副总理赴莫斯科，和梅尔尼科夫共同主持"中俄工商高峰论坛——金融"。12月，梅尔尼科夫来北京的那天，北风凛冽，寒气逼人。我在几天前就预订了"满福楼"，梅尔尼科夫是第一次吃涮羊肉，热气蒸腾，香味四溢，他吃得脸色通红，非常高兴。

2009年5月，梅尔尼科夫随俄联邦茹科夫副总理来访。我们会谈结束后，我请他吃饭。席间，他解开衬衫扣子，从怀中掏出一个翠绿色玉佩给我看。我问他"哪儿买的，多少钱？"他告诉我，是花了4000美元在莫斯科买的。我也从怀中掏出一个小小的玉观音，告诉他："中国讲究男戴观音女戴佛。"坐在他旁边的俄外贸银行的郭罗斯先生向他解释观音和佛的不同。这是周五晚上的事情。

星期一中午，在人民大会堂，在岐山副总理与茹科夫副总理会谈结束后，宴会前，梅尔尼科夫把我叫到一个柱子后，从怀中掏出了一个玉观音。我笑了，问他："昨天买的吧？"他点了点头。

2010年4月，杭州，第11次分委会。我们喝茶聊天时，我拿起一个剖开的胡桃，对梅尔尼科夫开玩笑地说："你看，这很像人的大脑组织。我为什么聪明，就是因为吃了这个。"梅接着就问："那我吃多少能赶上你？"我说："你这辈子赶不上了，我从小就吃。"吃饭时，梅尔尼科夫很喜欢豆浆，我就决定送他一台豆浆机，又送了 12 斤黄豆，并让工商银行莫斯科子行的郎行长负责教会他用豆浆机。

分委会前，我跑到琉璃厂，挑了一块名章石料，是玛瑙红颜色，寿星老造型，底座是不规则的长条形。让工匠刻上梅尔尼科夫的中文、俄文全名，作为礼物，反而比总行准备的银币礼品价格还低，送给了梅尔尼科夫。他摆在会议桌上，有时，摸摸寿星老的秃顶，再摸摸自己的秃顶，我在旁边看了忍俊不禁。我相信，这件礼物，会在梅尔尼科夫的家族世代流传。

会谈时，工商银行的陈总发言之后，梅尔尼科夫说了一句俄罗斯的谚语："大不是好的。"我立即反唇相讥："中国也有一句话，'天塌大家死，过河有矬子'。"梅尔尼科夫和我辩论，这次危机中倒闭的是不是大银行。

这次去俄罗斯，梅尔尼科夫告诉我："豆浆机真好，我太太每次用都感谢你，我们每次榨 4 份豆浆，我又加了核桃仁、松籽仁，当天喝一份，其余三份存在冰箱里接着喝。"然后，他向俄央行的同事推荐豆浆机。下诺夫哥罗德州分行行长斯比钦向我们要了豆浆机的中文品牌，让他在北京的朋友买一台带回来。

梅尔尼科夫对第12次分委会做了精心准备。斯比钦行长告诉我，去年6月就接到通知，即开始准备。所以在我们到达的第一天，俄方就安排游伏尔加河，参观戈罗杰茨小城。欢迎晚宴入门时有吉普赛姑娘热烈的舞蹈，晚宴中台上有欢歌劲舞。俄罗斯朋友来了兴头，纷纷起身离席跳了起来。

俄央行的同事委婉表达了要来中国的想法。会议间隙，我向梅尔尼科夫说："下次分委会在中国召开，把你的这些同事都带去。"梅尔尼科夫"啪"地一个立正，举手敬礼说："是，一定办到。"这一刻的梅尔尼科夫，天真得像个大孩子。

第12次分委会所有的日程都完成了，大厅里已恢复了安静。我握着梅尔尼科夫的手，有些伤感地说："我就要离开这里，返回中国，期待着下一次分委会，期待在中国与你会面。"梅尔尼科夫说："马德伦先生，你要走了，我心里有些难受。"他的语音已有些哽咽。

梅尔尼科夫先生，当年参加过莫斯科奥运会，世锦赛银牌得主的皮划艇运动员，在军队中历练过，获得过经济学博士学位，身高超过1.90m，长得人高马大。他为了俄罗斯而坚定地推进的意志尤为令我印象深刻。他也喜欢我这样的对手。下诺夫哥罗德州分行行长斯比钦敬酒时对我说："您严肃，幽默，有很坚强的意志力。"这句话，符合我，我受用。

哦，梅尔尼科夫先生，写到这里，我不仅想念你，还有些惦记你了。

四、第 12 次分委会总结时的即席发言

从星期一的晚上中方代表团到达这里，到现在还没超过 72 小时，但是在这 72 个小时的时间里，我们无时无刻不生活和工作在俄罗斯朋友对我们的浓浓的情谊之中。从会议周到的安排，到第一天的参访，到昨天晚上饭菜的丰盛、歌舞的热烈，这一切都令我们感动，令我们印象深刻。

我想，今天早晨大家都看到了，我们中方代表团的所有的人，都抢着跟梅尔尼科夫行长、跟俄罗斯朋友们拍照，为的就是留下这些珍贵的记忆。也诚如梅尔尼科夫行长所说的，因为今天下午陆陆续续就有我们的同行要离开下诺夫哥罗德，我们的心情就像外面的天气，有些多雨。我们会记住这座具有浓厚的历史感的下诺夫哥罗德城市，我们会记住宽阔平缓的伏尔加河，我们会记住这个展览中心和这座充满艺术感的大厅，我们会记住梅尔尼科夫行长、斯比钦行长以及所有的俄罗斯朋友。

　　这次会议的气氛尤为热烈。中方代表团，我想，有的同事是第一次参加，唯一的参加五次的，好像就是坐在我对面的司新春总经理。那么对于第一次参加分委会的中方我的同事们来说，你们应该会看到中俄金融合作是在这样一个友好、合作、真诚的气氛中来推进的。这一次中方代表团的许多年轻的面孔，包括人民银行年轻的司局长以及我们大银行的年轻的老总们。他们的参加就使中俄金融合作的这种友好、深化和我们的真诚的精神能够得到传承，我们的合作就会永远地持续地发展下去。

　　我和梅尔尼科夫行长主持中俄金融分委会，这已经是第五次，从2007年的第八届到第十二届。五年来，我们见证了两国金融合作发展的历程，从银行扩展到保险，从融资到货币的交易，从边境贸易的本币结算到边境的旅游本币结算，到一般贸易的本币结算。应该说我们的金融合作是为两国的经济和贸易合作提供了坚强的支持。尽管我们在合作中有争吵，有不同的看法，但是这是正常的，因为有各自的利益所在。若是在交往中没有争吵，反而我认为不正常。我们的这种争吵是合作中的争吵，是为了把合作做得更好的一种争吵，是因为合作，因为信任，所以我们真诚，所以有争吵我们也不记仇，我们还会推进。我们通过这一次的分委会，更要思考下一步金融合作的深化：

包括融资方式，包括辛迪加贷款、投资基金；包括扩大投融资的领域，从传统的能源向机械制造，向农业、中小企业、基础设施方面的推进；也包括在证券市场方面未来的合作，因为中国正在研究在中国的 A 股市场上开放国际板的问题；包括中国香港的金融市场对俄罗斯的开放，因为我们知道俄罗斯外贸银行已经发行了 10 亿元人民币的债券。因为俄罗斯朋友也知道，香港是一个国际金融中心，香港的金融市场非常发达，香港人的市场敏感度也特别高。

我们也看到，这次分委会后大家还有很多问题需要在今后的合作中加以解决，我相信我的中国的同事们会把这些问题带回去抓紧研究，能改正的就会改正。我们中国的同行对俄罗斯同行提出的要求，我们也希望在俄罗斯那边会得到回应，会得到改进。到明年的分委会我们不再谈这些老问题，我们有什么新的要求，我们就提出来。

这次会议的另外收获也是多个方面，在一个城市生活了三天，我们会感受到俄罗斯这个国家的广阔，资源的丰富。那天我们从戈罗杰茨回来，路边有那么多的薰衣草，在俄罗斯的田野上自由的生长，没有人去收割，在中国的商店里，薰衣草卖的价钱还是不低的。我们也感受到俄罗斯的文化，包括我们看到的建筑、油画，我们欣赏到的歌舞。我们也感受到俄罗斯人的精神，因为这两天我看电视，俄罗斯到处都在纪念卫国战争，6 月 22 日这样一个难忘的日子。我们也感受到俄罗斯人的务实的工作态度。

我想，第 12 次分委会结束的时候，我和我中方代表团的全体同事们衷心地感谢梅尔尼科夫行长，感谢斯比钦行长，感谢俄罗斯央行和下诺夫哥罗德分行的所有的同事们，感谢在座的俄罗斯同行们，感谢所有在这次会议上为我们提供服务的，包括司机、餐饮，还有在会场外服务的、在这个会场摄影、摄像、音响的所有工作人员。感谢法捷耶夫和王晓明两位翻译，他们说了所有人的话。

最后的感谢的表达，是在明年的分委会，我会和梅尔尼科夫行长讨论，选择一个合适的时间、合适的地点，邀请在座的各位和所有有意参加中俄金融合作的朋友们到中国去。请你们去见证我的诺言实现，我的诺言就是明年的分委会要办得比今年更好。我的中国的同事们，人民银行国际司的同事们已经说了，我已经开始给他们压力了。

好吧，朋友们，期待明年在中国相聚。Спасибо！

信贷大检查日记[*]

10 月 13 日　星期四　晴

河北的信贷大检查部署有了一些眉目，总行杨贡林同志、贵州省来的熊国义同志和我，昨天夜里赶到太原。

上午来到山西省分行。山西省的信贷大检查已拉开序幕。行长联席会议作了研究，省政府 11 日上午召开电话会议作了部署，常务副省长白清才同志挂帅亲自抓，大检查办公室已成立。由于总行有关文件未到，因此，在检查方式、内容、时间要求上，还需按文件

---

[*] 1988 年 10 月，参加国务院组织的全国信贷大检查，我是华北组的一员，从河北到山西，以日记的形式记录了这次工作。

要求进行调整。

省分行正召开二级分行行长会议部署工作，今天是最后一天，我们应邀参加。会上传达了总行301号文件。检查组负责人以谈体会的方式，特别讲了全国金融的严峻形势，讲了中央工作会议和十三届三中全会精神，讲了信贷现金大检查与治理经济环境、整顿经济秩序的关系，讲了国务院及总行对信贷大检查的决心、部署和具体要求。了解全国形势和背景，对于二级分行行长来说，是十分必要的。他们听得仔细，记得认真。对于总行提出的收购农副产品资金，"谁没钱谁负责"的要求，分行长们一致拥护，议论说："就该这样，不然总说人民银行不给钱。"

10 月 14 日　星期五　晴

上午，我们向白清才副省长作了汇报，特别提到了我们了解到的有的城市专业银行资金周转困难的状况。白副省长决定下午即召开省各家银行及省财办负责人会议，研究部署金融工作。

下午的会议上，各家银行汇报了信贷资金情况、困难和问题。最后，白副省长强调，治理经济环境，整顿经济秩序，银行应首当其冲。山西省银行遇到的困难比预料来得快，困难就更大。在目前，要从全局考虑问题。对于信贷大检查，除行长亲自抓外，要有人专管。各家银行抽调人员要尽快出发，推动面上的检查。要贯彻实事求是精神，工作中避免简单化，该纠正的纠正，该支持的支持。对腐败现象绝不留情，把金融领域的不正之风打下去。工作中失误的，帮助总结经验教训，渡过难关。

对于旺季资金需求，白副省长要求要有人专管资金。加强资金和现金调度，在加快周转上做文章。现金管理问题，由政府出面动员，银行要改善服务，上门收存，省、市直属机关带头把多余的现金存入银行。储蓄要在有条件的地方发展代办，同时要搞好奖售储蓄。

白副省长要求对个别银行的问题，要具体帮助一下，重点查，不要引起冲击波。

10 月 17 日　星期一　晴

短短几天里，了解到许多情况。

在有的城市里，各家专业银行都突破了贷款规模。个别专业银行资金周转极其困难。同城往来不能清算，影响到农业银行的农副产品收购资金、生活必需品和市场供应的采购资金无法落实；企业存款的正常支付因银行无钱不能进行，甚至银行要靠临时拆入资金来维持企业的工资支付；一些银行热衷于办多种公司，搞变相投资；个别专业银行不经批准的城市信用社自行开业;信托投资公司在政府明令禁止后,仍然发放信托贷款,拆出资金;有的银行拒不接受人民银行的稽核检查;明明是资金短缺,却在紧急报告中吁请市政府向国务院要贷款规模,在资金极其困难的情况下,还在自己给自己贷款拍电视剧。还有不按规定缴存存款准备金和特种存款的,转移人民银行信贷资金的,财政部门办国库券转让的等等,不一而足。

我们及时向当地政府通报了了解到的情况,请当地政府研究解决。检查组负责人在会上严肃指出了一些地方金融工作中存在的问题,批评了这种行为,也批评了当地人民银行,并提出了纠正的具体要求。

分行的同志也提出,有些情况反映到总行,迟迟未得到答复;计划指标分配的"基数法",难免出现"鞭打快牛"和老实人吃亏的情况;人民银行二级分行接到省行下达的信贷计划,要比专业银行晚几个月,按这个计划去执行时,专业银行的计划又作了调整,工作也被动;基层人民银行在处理具体问题上,无法可依,宏观调控手段、权力都十分有限……

听到这些,作为总行的工作人员,我感到内疚。我们工作的疏漏,影响到基层行的工作。作为条法司的工作人员,我感到惭愧。金融立法就是要针对各地金融业务的不同问题,作出相应规定,规范和统一各种金融业务行为,以最大可能减少漏洞,使其无空可

钻。当我们强调中国地域广大，情况复杂，立法应
"宜粗不宜细"时，也为日后的扯皮，推诿，无法可
依，执法不严，留下了后遗症。

这些，不值得我们深思吗？

10月21日　星期五　多云

该理理自己纷繁的思绪了。

我想起了金融业务经营的最普遍原则——稳健原
则，这是各国银行业数百年经验教训的结晶呀！我们
有些银行为什么把它弃之一旁呢？

我想起了专业银行的经营承包。专业银行实行经营承包
方向是对的，但在当前自我约束机制尚未健全，在利益归自
己、风险归"大锅饭"的情况下，承包会使一些银行和金融
机构不顾政策法令，片面追求利润，盲目发放贷款，或是只
收息不收贷，或是不顾控制规模一味放款。这些问题难道不
值得注意研究解决吗？

我想起了金融业务交叉。一些银行似乎没有真正认识
交叉和竞争的意义，不是从改善服务上下工夫，在信贷资
金需求远远大于供给的情况下，往往把放松贷款条件作为
竞争手段以争取客户。于是，不该贷的也贷了，控制货币
就成了一句空话。

……

诚然，这种种问题只是瑕疵，瑕不掩瑜。特别是

在两种体制转轨时期，一些问题是不可避免的。在治理经济环境、整顿经济秩序、深化改革中，这一切会解决的。

我看到了一些二级分行行长们目光中的困惑、焦灼和期待。我相信，他们的困惑会变成明朗，焦灼会换成坚定，期待会得到实现。

沈阳市金融体制改革面面观

一

沈阳市作为金融体制改革试点城市之一，金融体制改革成绩令人瞩目。

首先是沈阳市的"资金滚动的热流冲出了壁垒城池"，打破资金条块分割的局面，形成了三个层次的资金拆借市场。第一个层次是沈阳市各专业银行和其他金融机构；第二个层次是以经济区为网络，在辽宁中部的丹东、本溪、抚顺、沈阳、鞍山、铁岭、辽阳7个城市的45家金融机构之间的资金拆借市场；第三个层次是在全国计划单列城市、金融改革试点城市、11个省会城市之间的资金拆借信息网络。与此同时，沈阳市全面开办票据承兑贴现业务。

请看下列数字：

1. 沈阳市各专业银行之间同业拆借资金 12.2 亿元。以沈阳为中心的辽宁中部七城市之间拆借资金 4.9 亿元。沈阳与其他省会城市之间拆借资金 7 亿元。

2. 沈阳市上市交易债券有 13 种，成交额 90 多万元。沈阳市开放二级资金市场，办理债券买卖、委托代卖、鉴证业务……

3. 中国人民建设银行沈阳分行首次发放抵押贷款……

金融机构正在迅速发展：各专业银行的信托投资公司；沈阳国际信托投资公司；沈阳市信托投资公司；二十家为"三办一体"（街办、厂办、校办、个体）服务的城市信用社；七个邮政储蓄点……

还有，银行服务也在改善。沈阳市银行与周围四市银行开展票据交换，大大加速了资金周转。保险公司全面开办企业职工养老保险统筹业务，为职工养老社会化创造条件。市农业银行撤销县辖联行，加强市辖联行，提高资金抵用率。市工商银行办理商业票据承兑贴现，人民银行办理再贴现，清理了拖欠，促进了商业信用票据化。个体户使用支票结算。旅行支票、活期储蓄支票纷纷开办……

这就是金融体制改革中的沈阳。信用方式、信用工具、融资渠道、金融机构在变，在发展，人们头脑中的观念也在悄悄转变，悄悄更新。

二

瓜熟蒂落。沈阳市金融体制改革的发展也绝非偶然。

经济体制改革的深入，促使企业打破行业、部门、地区、所有制的局限，横向经济联合产生了新的企业群体。但是由于原有银行体制的条块分割，遏制了这一联合的发展。纵向的资金调拨体制使部分资金沉淀在金融部门，资金运行渠道不畅，成为资金供需紧张的原因之一，四面八方盯着银行要贷款。为此，银行也苦苦寻求出路：开启作为资金枢纽的银行闸门，打开地域和专业银行的界限，允许资金横向流动。

沈阳从 1985 年以来，有 14 家企业向市民发行了2.9 亿元的企业债券。对于发行债券的企业来说，当然解决了大问题；但那些买了债券而后来又急需用钱的人，到哪儿把债券换成现钱呢？开办债券转让买卖的二级市场，促进债券发行的一级市场，正是对金融体制改革的客观要求。

在银行的营业大厅里，聚集在一起的客户议论着："鞍山、抚顺到沈阳只要几个小时，可银行一笔汇款要七八天才入账，能不能快些？"储蓄所的人流中，有人建议:"我家附近能否办个储蓄所?"大街两旁,一家挨着一家的个体户抱怨他们在银行开户何其难!小巷深处,街办工厂的会计常常为跑银行而犯难。旅游者、采购员为身带的巨额现金而提心吊胆,夜不能寐……能不能开办多种形式的金融机构,发展新的信用工具,多方聚集资金,提高服务效率,这也是对金融体制改革的要求。

各方面的呼声叩击着沈阳市金融界同志们的心扉,促使他们作出回答,推动着沈阳市的金融体制改革。难怪后来,当来访的外国朋友问"为什么许多事情都是沈阳第一个搞起来"时,沈阳银行的同志回答说:"我们只是感到需要。"是的,经济生活发展的需要,经济体制改革的需要,这就是沈阳市金融体制改革的助推剂。

三

沈阳市金融体制改革的冲击波涉及经济生活的各个方面,甚至影响着人们的价值观和思维方式。

当抚顺工商银行从沈阳资金市场拆入 4000 万元时,与之有信贷关系的抚顺无线电八厂和新抚钢厂如久旱得甘霖,喜上眉梢。

当沈阳电缆厂发行债券筹集到了技改资金时,厂长那紧锁多日的眉头舒展了。

当沈阳市农业银行拆出 6.7 亿元时，会计报表上的利润一下子增加了 250 万元。

当一位老人卖出 40 张债券换回 1800 元现金时，老人乐了："这下不用再为儿子结婚借钱了。"

类似的例子不胜枚举。

资金市场的形成，使资金的横向流动、资金的最优化结合从可能走向现实。只有那些效益好的企业才敢发行债券，他们的债券又在流通转让中经受考验。同时，它又在一段时间、一定地区内缓和了资金紧张状况，也给中央银行货币政策的实施提供了条件。所有这些，无疑是有利于改善宏观控制的。

现在，储蓄不再是唯一的金融资产手段，人们对债券也不再觉得新鲜了。新的企业债券发行时，人们在盘算风险、利息收入，与储蓄相比的得失如何，新的投资观念正在人们头脑中滋生。

金融体制改革的发展，也使银行一些人感到担忧："今后我们干些什么？交叉和竞争不是要夺去我们的业务吗？"这些同志的担心不难理解，三十多年来的一统天下如今要打破了。"大锅饭"是不想吃的，但是饭碗还是不想让人夺的。这些同志从惶惑到思索，感到了紧迫感，也转而向改革找出路。

改革使沈阳金融界的同志们感到了知识的贫乏。改革中遇到的问题，慕名而来的外国朋友的提问，更促进了他们学习的热望。他们走出去学，请有关的同志来讲课，请专家、教授组成"智囊团"。

金融体制改革是见识—知识—胆识的结合。胆识来自对改革的认识，也来自市政府的支持。沈阳市政府对金融体制改革十分关心，他们为金融体制改革鸣锣开道，撑腰壮胆，这无疑是沈阳金融体制改革的上方宝剑。

是的，沈阳上市参加转让的 13 种企业债券和 90 多万元的成交额，同纽约证券交易所的二千多种证券和上千亿美元的交易额相比，显然是微不足道的，从资金的系统内调拨到同业拆借，距真正的资金市场还有很大一段距离。但是凡事从零开始，目前的工作确是一个突破，它昭示了金融体制改革的未来和发展是无限广阔的。

赴皖桂调研手记[*]

　　草长莺飞的时候，我去了南方。在安徽、广西参加总局的会议，顺便和分局局长们、安徽分局的同志座谈，还到广西东兴和越南芒街，就边境贸易外汇管理问题做了调研。离开了办公室，从案牍之劳解脱出来的我，一路听，一路看，一路想，一些想法渐渐形成。回到北京，我把这些想法整理出来，和大家共同讨论。

---

　　* 这是我到外汇局工作的第 2 年，即 2002 年仲春时节。从南方回到北京后写的。

一、去年下半年以来出台的外汇管理政策的反映怎样?

去年 9 月以来,总局相继出台了几项新的管理政策,如简化出口核销手续,放宽开户政策,扩大出国留学供汇,调整银行买卖现钞和现汇价格,放宽资本项下的一些购汇限制等。这些政策,既是适应加入世界贸易组织后新形势的需要,也是外汇体制改革深化的步骤。这些政策的效果怎样?是否达到了预期的目标?是否出现了企业囤积外汇或者个人购汇大幅上升的状况?这些我在办公室关心的问题,在我的这次调研中给出了明确的答案:企业欢迎,银行欢迎,政府欢迎,个人欢迎。企业有了外汇账户,减少了结汇购汇的成本;核销手续减少了,方便了企业;审批环节交由银行,银行责任大了;允许购汇还贷,银行、企业使用外汇贷款的积极性高了;出国留学的人购汇满足了,银行钞汇价调了,外汇黑市生意少了。这样的结果,政府当然欢迎。

尽管外汇账户政策放宽了,但从全国企业外汇存款看,从各地反映看,并未出现囤积外汇的现象,一个很重要的原因在于我们的企业越来越精明了。他们把外汇和人民币资金统筹考虑,对人民币越来越有信心。个人购汇正常吗?江苏省分局陶为群副局长告诉我，他们选取了 2 个时间段，以 2000 年 12 月至 2001 年 2 月和 2001 年 12 月至 2002 年 2 月的个人留学购汇情况作了比较，发现两个标本期的统计特征是一致的。第一个时期，个人出国留学购汇 74 笔，76 万美元；第二个时期为 70 笔，73 万美元。看来，个人留学购汇放宽了，审核上从外汇局变为售汇银行自己按外汇局的规定办，也没有出现异常。

这就坚定了我们继续调整外汇管理政策的信心。现在，大家反映的问题是：企业外汇账户开立标准还高，应当允许所有有外贸经营业务的企业开立外汇账户；限额也应该具有弹性；个人出国留学现在已发展到到国外读初高中的，这部分人的供汇政策也应考虑；购汇到境外投资，应该允许；进出口收付汇核销还有许多不完善的方面；外汇管理政策应加大对中西部地区经济发展的支持力度，等等。分局同志的这些要求是迫切的，也是真诚的。他们工作在第一线，与企业、银行和地方政府等方方面面打交道多，对外汇管理政策的感触比我们深，提出的这些要求是正常的。想想1993 年制订外汇管理体制改革方案时（那时我在人民银行工作），就有意愿结汇和强制结汇的两种思路，我当时的想法是意愿结汇。现在我们正在逐步从强制结汇转向意愿结汇，这是实现人民币可兑换改革目标的必由之路。在外汇体制改革方面，分局同志的认识和看法是正确的，我从心里感谢他们的真知灼见。

二、外汇管理方面还有许多空白点

随着经济运行的市场化，外汇管理面对的形势真是日益复杂，许多新情况、新问题是前所未有的，自然就没有经验可供借鉴。按照人民银行、证监会、保监会联席会议明确的要求，对证券公司、保险公司的外汇收支和相应的外汇业务，管理权放在外汇管理局。对这两类金融机构的外汇管理规定，还正在拟订之中。今后，将有合资的证券公司、更多的外资保险公司进入中国市场，这方面的外汇管理规定，需加快出台。即使出台了这些规定，恐怕也难以涵盖所有的可能。近日，就有在外资机构任高层管理人员的朋友问我：老板要为几个与他一样的中国高级管理人员在外国的保险公司买寿险，作为奖励或留住他们的一项政策，是否可行？还有在银行工作的同志问我：个人要在他工作的银行结汇1亿港元，港元是这个人在香港的姐姐汇来给他在内地办企业的投资，可否结汇？这些，都是新问题。

安徽分局同志讲了这样一件事：利用外资对破产企业重组，是利用外资的新形式，安徽有一家破产企业，被外商整体收购后，组建新的外商投资企业。在企业注册资本中，除外商投入的资金外，还有资产收购的抵扣资金。安徽的政策规定，破产企业下岗职工，每人发给 1.5 万元人民币。新设的外商投资企业接收下岗职工，政府同意将安置费交给企业的投资者，并在外方投资的收购款中抵扣。这类投资形式，是否符合规定，应该如何管理，如何计算外商投资额？这些问题，还没有明确的管理政策。

分局的同志还反映，各地对外币兑换点的管理尺度和方法都不一致。外币兑换点，不能简单看做是外汇业务的延伸，应当看做一个机构，应当经过批准。兑换业务要接受外汇局的管理，全国应统一制定外币兑换点的管理办法。

还有外资银行的外汇业务管理问题。加入世界贸易组织后外资银行对国内企业的外汇贷款，仍然被作为短期外债管理，这与调整后的外债统计口径不相符。同时，外资银行对国内企业和个人的外汇业务放开后，外汇账户异地开立以及外资银行推出的代理个人理财服务等等，都与我们现行管理规定发生冲突。

中国经济的现代运行，无时无刻不在产生新的问题。入世，入世，多少挑战假汝产生。这是前进的方向，是不以人的意志为转移的。计划经济下的一成不变和大一统，易于使我们的思维方式排斥新事物。现在我们讲与时俱进，就要善于捕捉到这些新问题，是主动去发现，而不是等。是分析问题的性质，找出规则来。这就是迎接挑战，这就是我们的工作。

三、边境贸易与边贸外汇管理

站在东兴市中越界河的岸边向对面望去，对岸很安静。岸坡上，南方的树在晨风中摇动，河边泊着几艘木船，界河很脏，河面上漂浮着垃圾。一会儿，有船摇过来，有人上船，两三分钟的工夫，就出了国。

这是一个普通的早晨，我们办完边境手续，走过界河上的石桥，进入越南芒街市。走了不过几百米，就看到一座帆布大篷下聚集的许多家"地摊银行"。所谓"地摊银行"，是中越边境地区民间货币兑换机构的俗称。帆布大篷没有围障，离地一尺高铺设了木板，上面再铺上凉席，几十个越南妇女席地而坐。每个人都守着一只大铁箱，许多铁箱敞着口，里边放着一捆捆的越南盾和一沓沓的人民币。一个妇女和一只铁箱，一块不到 2 平米的地方，就是一家"地摊银行"。广西分局程泽群局长随口问一位越南妇女，越南盾比昨天又贬了 0.4% 左右。再问，如果想换 100万元人民币，也可以，只是要等等。如果想在中国境内拿人民币，也可以在中国境内的银行得到。我们在这儿转了两圈，看到不时有人来询问价格，也有人正在成交。

再到离这儿不远处的越南工商银行的芒街支行，

营业室里冷冷清清，储蓄所里三个工作人员无精打采地坐以待客。芒街里一个大的市场上，许多商店门市简陋，一户挨着一户堆放的工业品几乎都是中国的家用电器和纺织品等，这里车来人往，煞是热闹。

这几年，我国边境地区与周边国家的边境贸易发展很快，已从边民互市发展到小额贸易，一些地方实际上出现了大额贸易，这对边境地区经济发展，对拉动内需的好处毋庸置疑。但在边贸结算中，通过银行结算的只占贸易额不到10%，其余的90%是现金或通过"地摊银行"结算的。这90%中，只有5%是越南盾或美元结算，其余95%是人民币结算。由于越南盾的汇率波动大，官方汇率和市场汇率不一致，"地摊银行"的汇率就成为银行结算的汇率报价。据说，越南境内的"地摊银行"有四五百家，他们不仅搞货币兑换，也从事外币买卖，甚至可以办结算。由于广西与越南的边贸每年都有10多亿元的贸易顺差，因此越南境内也必然有大量的人民币来支持巨额的边贸和顺差。

"地摊银行"的活跃，给人们以更多的思索。金融服务作为商品、劳务、资本、经济往来的中介，是无处不在的。金融机构的服务跟不上，就会有地下金融发生；市场的敏锐性是行政当局所不及的，"地摊银行"上越南盾的汇率，就真实地反映了市场供求状况；灵活和方便的服务，是每一个消费者、投资者、经商者都欢迎的。

边贸结算问题与外汇管理密切相关。我们希望以美元作为结算货币，但对方美元没那么多；我们希望通过双边银行结算，这样对国际收支统计申报，对防止骗汇骗税，对核销都有利。但是，双边银行结算选择哪种货币？汇率风险如何防范？滞留在境外的人民币现钞是否要回流？"地摊银行"与境内"地下钱庄"是否有某种联系？这些问题，从这次调研中还没有找到答案。

四、几点思考

一路的所见所闻，让我陷入了深深的思索之中。经济的现实，分局同志对外汇管理事业的忠诚和殷殷关切之情，让我感到责任重大。从纷繁的思绪中抬起头来，我想说的是：

第一，我国的外汇管理已进入新的历史时期。当前我国可支配的外汇资源存量巨大，除了2000多亿美元的外汇储备，还有800多亿美元的居民个人外汇存款，400多亿美元的企业存款，400多亿美元的商业银行外汇头寸和资本金。我国外汇储备已是世界第2名。同时，我国国际收支连年双顺差。去年在贸易、非贸易、资本三个方面的结售汇都是顺差。人们不再视外汇为稀缺资源。一些人过去担心人民币贬值，现在又担心人民币升值。外资流入已从初期的来料加工发展到跨国公司，从产品两头在外到不分内外，从外商直接投资到资本市场，从游资到黑钱等，外资流入的形式、规模、目的已不同以往。

尤为重要的是，当更多人的目光从世界各处瞩目中国时，外汇管理面对的不仅是管理对象的增加和规模的扩大（如果这些管理对象所从事的是已置于管理内的业务，这仅仅是工作量的问题），而是管理的内容、形式和要求都将发生根本的变化。冲击的不仅是现行的管理制度，还包括许多我们始料不及的问题。

这些，难道不是外汇管理新的历史时期的佐证吗？

第二，我们是从长期的外汇资源短缺的困境中奋斗过来，才有了今天的结果。1994 年外汇管理体制改革在所有的金融改革中倍受赞誉，就是因为采取了市场化的改革方向，汇率的市场化，用汇的实需得到了保证。但是，我们现行的外汇管理制度体系，毕竟是在过去年代形成的，是以控制外汇使用、限制外汇流出，千方百计吸引外资流入为核心的。面对新形势，这些制度该做怎样的调整呢？

第三，形势好的时候，我们更应警惕资本的流入。流入的外资中，是否混有投机的游资？管理的着眼点要履盖外汇循环的全过程，现在是把流入纳入管理的时候了。始终要记住的是：金融危机正是从流入开始的。

第四，近年来良好的外汇收支形势为完善外汇管理政策提供了条件。但是，去年已经出台和目前正在调整的外汇政策，并不是因为外汇多了而改变管理政策，我们深化改革、完善管理的目的，是要使外汇更多。

第五，外汇政策的调整是外汇体制改革深化的必然，绝不是单纯地放松或放宽用汇或放弃管理原则。对于违反外汇管理规定的，永远是严；对于游资，永远要管。只有对合理的外汇需要，对能够使外汇增值或者扩大外汇来源的，对于遵纪守法的企业，管理是宽松的。我们的外汇管理不能"管君子，不管小人"，而恰恰是尊重"君子"，打击"小人"。

第六，当我们面对巨额外汇资源，如何管理好，使其收益率更高，外汇资源更多？现时的做法是：除国家外汇储备外，企业、居民个人的外汇存在银行，由银行在发放贷款后，剩余的头寸或做同业拆放，或转存，或投资外国政府债券。无论怎样做，中国人的外汇赚的都是利差或利息。对比外商到中国来搞的固定回报项目，或比较其他的投资，利息是最低的收益。如果真的能够走出去，能赚取高于利息的收入，无论是个人赚了，还是企业赚了，中国的外汇是不是更多了？我们应记住"小河满，大河才会满"的道理。现在，我们持有的外汇在境内可投资的金融品种只有 B 股，B 股并不是正常产物。就算投资 B 股，现在也是自己人赚自己人的钱。如果投资面过窄，一方面是风险的集中，一方面是资本的外流，外资银行已瞅准了这个空子扩展他们的个人理财服务。

第七，外汇多不应仅体现在国家外汇储备上，除储备以外的外汇资产也应多，这更能证明我们国家的经济实力。如果中国居民（法律上的居民的概念）能拥有更多的外国政府的债权，拥有跨国公司的股权，拥有信誉卓著的外国大公司的股权或债权，在海外拥有更多的实体或不动产，再同时有充裕的外汇储备，中国才是真正的强大。

第八，外汇管理的管，要站在"理"上去管。我们现在管理的依据是以前制定的法规，这些法规符合当时的背景。从新形势的视角看，现行的法规包含了许多不合理的要求。现在应该把这个"理"还原，即尊重经济规律和市场法则。

外汇管理不仅是管，还有一个"理"的要求，理顺、引导、梳理，把外汇管理立足点还原，就是理的过程。

第九，外汇管理不能因为管理对象的身份不同而有不同的管理政策。如国有企业走出去就放心，民营企业走出去就态度暧昧等。实际上，在国内竞争不规则、市场秩序未理顺的情况下，有的国有企业并没有管好，这样的企业到国际市场去，不是白送钱给外国人吗？

第十，是否我们的审查就能控制风险？试想，当一个刚刚走出校门不久的年轻人，面对企业报来的境外投资申请，他对企业将要去投资国家的政治经济状况不了解，对那个国家的外汇管理规定一无所知，他审查的依据只能是依葫芦画瓢。事实上，只要企业是真的到境外投资，企业自己对国别风险、投资风险、市场风险等已经做了充分分析。

写完了这些，我长长地舒了一口气。但工作还未完，讨论还会有。

出纳专柜的巡礼[*]

（组诗三首）

点钞机

送给你的钞票无以计数
你却毫不犹豫地全部吐出
你不怕永远一无所有
只怕把你的名字玷污
啊，点钞机，面对你坦荡的胸怀
我们怎能不自叹弗如

311

金库门

多么庄严而又凝重
多么坚固而又忠诚
遏制了多少罪恶的欲望
截断了多少发财的迷梦
啊，金库门，你屹立在心中
牢牢守住我们的心灵

警报器

你有高度灵敏的神经
不放过任何可疑的身影
你有永远清醒的头脑
日日夜夜睁着警惕的眼睛
啊，警报器，你急促的叫声
是长鸣在我们耳畔的警钟

《金融会计》杂志社成立一周年
寄语读者[*]

  沐浴着深化金融改革、扩大开放的阳光，吮吸着广大读者关心、爱护、支持的雨露，凝聚着金融会计工作者的智慧和心血，《金融会计》杂志就像一株小苗，破土而出，有人松土，有人施肥，有人浇水，有人锄草，日渐成长。于是在金融杂志的百花园里，又多了一朵鲜艳的小葩。

  三百六十五个日日夜夜，从筹建、创刊到出刊，已有十期刊物与读者见面。晨曦里、晚霞中，多少人读着《金融会计》，去寻找深入钻研金融会计理论的

---

* 本文写于 2007 年 5 月 29 日。

钥匙；月色下、灯光中，多少人读着《金融会计》，去探索做好金融会计工作的方法。在营业部计算机变幻的屏幕里，在银行一排排专柜后，《金融会计》杂志上探讨的理论和方法，正在实际工作中运用，并且结出了丰硕的果实。

一年来，《金融会计》在关怀中长大。多少人呵护她，多少人热爱她，多少人支持她。广大金融会计工作者，送来了一条条办好《金融会计》的建议，写出了一篇篇做好金融会计工作的文章，总结了几十年来金融会计工作的经验，介绍了外国同行的制度办法。

我们感谢广大作者，感谢广大读者——不是用语言，而是用《金融会计》更鲜艳明快的封面，更丰富多彩的内容，更深入实际的探索，更完善适用的方法——用编辑部全体工作人员的辛勤劳动和无私奉献。

永铸辉煌

——《中国金币总公司志》序言

中国金币总公司虽然只有短短 20 年的历史，但《中国金币总公司志》业已编撰完成，不日将与大家见面。这十分可喜可贺，这也说明了什么！

一、金币总公司的历史虽短，但 20 年的发展历程值得记忆，值得珍藏

从当初仅仅是为了增加国家的外汇收入而创立中国金币总公司，到今天履行中央银行贵金属纪念币的发售而成为中央银行货币发行的重要支撑；从当年仅仅销售贵金属纪念币，到今天选取题材、立项设计、制版刻模、自行生产的一体化能力；从当年比较单一

的熊猫纪念币，到今天面向历史、面向社会、面向国际的广泛选题；从本色币到幻彩技术的应用；从货币到系列币再到衍生品……20 年的时间，浓缩了外国贵金属纪念币的百年发展，凝聚了多少人的智慧、心血和创造力啊！

是的，值得记忆、值得珍藏的不仅有成果和业绩、光环与辉煌，还有创业过程的艰辛，那些不为人知的故事，那些隐藏在文字后面的曲折和失败，争辩与定夺，担忧和焦灼……任何事情都没有一帆风顺，一个公司的成长更不可能万事如意。否则，何以这些美好的词汇会成为人们永远的真诚的祝福？

二、金币总公司虽然年轻，但回过头来总结历史，就把未来的脚步迈得更大、更稳

20 年，无论是对于一个人，还是一个公司，正处于青春期，有面对未来的无限憧憬和期待，也有着青春期的萌动和不安。20 岁的脚步也许还不稳，也许还没有找准方向。但金币总公司，却已经成熟了、沉稳了。他们从现实的陆离光彩中，抬起了头，回首总结了 20 年的历史，从中找寻一路发展的轨迹。他们看到了一个好的公司不是依赖于自身被给予的垄断地位，而必须面向市场。金币总公司虽然独占了贵金属纪念币的开发、销售权，但只有面向投资者和集币爱好者，

满足他们的要求，贵金属纪念币市场才能火暴，金币公司才有生命力。他们看到了随着人们收入的不断提高，贵金属纪念币市场已从过去的海外移向了国内，这一变化对纪念币选题有更高的要求。外国人对中国传统文化的一切都感到新鲜，而国人未必如此。因此，每一次发行题材的选择，对市场成败至关重要。他们看到了，投资者和收藏家们对纪念币的需求不同，投资者希望炒作，希望回购，收藏家们看得更为长远，他们不为短期价格起伏心动。他们也看到了，中国金币总公司虽然只有一个，但海外，从澳大利亚到中国香港，从美国到加拿大，国内市场已同海外市场相通相连，每年一次的国际钱币博览会，已给国内市场以直接的冲击。他们看到了许多，他们看到的是历史可鉴的地方。

三、金币总公司着眼于未来，但同样珍惜历史

一个人也好，一个公司也罢，在成长的历程中自觉写下完整准确的记录，不是一种义务，更不是一个制度约束，而是一种责任。金币总公司写下的不仅是自己的历史，从中我们可以解读一个国家的经济结构、经济体制的变化，可以解读一个社会的演变，解读一个民族的经历，还可以解读一种制度从打破到建设另一个新制度的过程。这是金币总公司对国家、对社会

责任的体现。

同样，金币总公司写下过去20年的历史，不仅是把创造这段历史的人的记忆变成文字，留给自己回忆，更重要的是要把这段历史展示给后人，让后来的人去读，去接受启示，去思考更长的未来。这是对公司的未来的责任，是对未来公司员工的责任。不是让他们牢记历史，而是让他们在历史中感悟，在感悟中奋斗，把金币总公司的历史一代代地续写。

四、金币总公司在追求中也注重公司的文化建设

毋庸讳言，金币总公司作为一家商业机构，在市场中追逐盈利，发展壮大公司实力是根本目的。但金币总公司知道，公司文化在提炼公司精髓，在凝聚人心，在创造环境等方面具有至关重要的作用。金币总公司知道，公司文化是公司生命力的重要部分，是公司活力的最基本元素。公司文化的多样性，表明了公司的宽松和创造力的无约束，而公司志的编写，是公司文化的一种外在表现。更可贵的是，金币总公司不是花钱请人写公司志，而是自己的人，在忙于工作的同时，抽时间来写，就去掉了篡改，去掉了涂抹，去掉了粉饰，只留下真实和自然，只留下过程和记载。其余的，任由读者们分析、思考。

一部公司志，把历史和现实联系起来，把公司发展同国家社会的演变联系起来，把经济和文化联系起来。历史，在我们眼中渐行渐远，而辉煌却永远在眼前闪耀。

春天里的《武汉金融》

——为《武汉金融》100 期而作

阳春三月，南方已是桃红柳绿。我来到武汉，闻知《武汉金融》100 期付梓在即，惊喜之余，乃欣然命笔。

当 2000 年钟声敲响的那一刻，当我们被鲜花和累累果实簇拥着、当我们迈着坚定从容的脚步、满怀激情和憧憬迈入新世纪的时候，我们欣喜地看到，《武汉金融》也伴随我们一起开始了新的历程。新世纪敞开了心扉，对我们，对《武汉金融》，对所有涌入新世纪的美好的东西；而我们，众多的金融工作者，《武汉金融》编委会和编辑部的同志，还有那些素不相识、素昧平生的人们，也一起关注着、呵护着、养育了这棵金融园地里的奇葩。

而从《银行与企业》到《武汉金融》，刊名更改的意义是深刻的。进入新世纪的中国金融业，经过二十多年的改革开放，已经发生了根本的变化。金融的范围，早已超出了银行的界限；金融的概念，也远远不只是银行和企业间存款贷款关系。新世纪的金融，广泛而深刻地根植于我们的生活之中：现金、存款、股票、证券、保险、黄金……个人金融资产日益多元化。新世纪的金融，广泛而深刻地影响着经济的运行：货币总量、利率、汇率、股指、期货、金融市场……金融的作用随处可见。刊名的更改，意味着《武汉金融》广阔的视野，兼容并蓄的刊风，海纳百川的编辑胸怀。

《武汉金融》诞生在武汉，这个九省通衢的城市，这座充溢着青春气息、焕发蓬勃活力的城市。日夜奔流的长江，给她带来了沉沉的思考。绵延千里的京广铁路，带来了北方的豪爽和南方的婉约。横跨龟蛇两山的长江大桥，见证了新中国的经济建设。久远厚重的历史积淀，人文荟萃的灿烂文明，淙淙汩汩的千条溪流，让《武汉金融》不仅栏目缤纷，同时，这里的每一篇文章都证明了"惟楚有才"。

《武汉金融》100期，是一个完成时，也是进行时。春天里，温柔的风，淅沥的雨，松软的土，和煦的阳光，美好的心情和祝福。《武汉金融》，在春天里成长。

立此存照[*]

一、凡往来性质的科目，均须予以密切关注。银行间的资金往来，由于异地的特点，而产生了在途，而产生了未达款项。这就留下了缝隙，留下了隐患。凡忽视这一点，未能及时、有效地执行对账制度的，日久难免出问题。凡坚持对账制度的，就是堵死了缝隙，消除了隐患。

二、计算机和算盘，只是核算工具的进步替换。须知一切工具都是由人来使用和操纵的。以为有了计算机，会计核算就可自动地完整、准确、真实，就可不必弄懂核算原理和制度规定，就可自动防范会计操

---

* 本文写于 1999 年 10 月。

作风险，则未免有些天真。由天真而易生麻痹，由麻痹而生大意，不仅会业务生疏，还可能让坏人钻空子。有了计算机，还是要学习，还是要管理，切不可松懈。

三、制度、办法、规定是会计财务工作的屏障。但如果只是印成书，放在柜子里，或是只是贴在墙上，则这个屏障就成了纸糊的。制度、办法、规定是要执行的。什么是执行？查字典，执行就是坚持，而且还带有固执、拘泥的意思，就是说要一丝不苟。没有这个态度，就如建屏障的水泥标号不够，砂石配比不合理，或钢筋不合规定，虽然不是"豆腐渣"屏障，也着实让人担心。

四、银行的"暂付款"科目，不同于企业的"暂付款"科目。企业的这个科目是在资金已支付，用途尚不明朗的情况下的核算过渡。对于中央银行而言，"暂付款"科目如不管紧，实际上就是大大小小的"印钞机"，在替总行发票子；对于商业银行而言，"暂付款"科目如不管紧，实际上就是许许多多的人花存款。弄懂了这一点，请大家一齐拧紧"暂付款"的闸门。

五、会计核算的生命真谛是什么？是真实性。离开了真实，核算的及时、完整、准确就无从谈起。会计分析、预测就只能是"雾里看花"。会计打假，要打假账的"始作俑者"，打指示作假的人。改假为真，不是靠打假，而是靠改革管理体制。

六、分支行的会计科长、处长是一个机构的"当家人"，是财政大臣。会要钱不会管钱，钱也要不来，给也不放心。只有"当家人"会管理，才会放心地把钱交给他管。要钱、管钱、花钱是三位一体的，核心是管。管得好、管得对，花钱不浪费，钱也就越来越多，人也就越来越旺。

以上是工作中悟出来的心得，写出来，见谅。

《工作要点》，不同往年*

　　今年的《中国人民银行会计财务司工作要点》和大家见面了。细心的读者朋友看了之后，也许会发现今年的工作要点和往年有许多不同。是的，是应该不同。如果相同，我们会计财务司也不必研究，《金融会计》也不必刊登，只告诉大家，今年的工作要点，请看去年第四期《金融会计》就是了。

　　有哪些不同？

　　第一，任务重了。人民银行会计部门现在面临的工作任务较之往年，增加了一大部分，这就是对商业银行和非银行金融机构的会计管理。就是要按照审慎

＊　本文写于 1999 年 3 月。

会计原则，对金融机构的会计制度的严密性、风险准备提留的充足性、财务成果的真实性进行监督、分析和反映。这是一项新的工作，是适应防范和化解金融风险这一金融中心工作而必须承担的职责。在会计部门要承担自身的核算和管理、财务管理、结算管理的同时，增加对金融机构的会计管理，工作任务大大增加了。

第二，会计的基础建设工作突出了。从工作重点看，大量的工作是制订、修订完善制度、科目、操作规范，同时，清理一部分占用的资金。对一部分科目的使用进行重点管理。这些工作，针对性强，目的明确，管理的重点一目了然。人民银行各级会计部门负责同志看了之后，也应对自己管理的重点心中有数。

第三，对人民银行会计队伍的管理首先抓中心支行的会计科长。在人民银行管理体制改革完成后，328个中心支行的会计科长的管理能力、业务能力、知识层面对全面完成我们的工作至关重要。坦诚地讲，金融发展快，商业银行在会计核算、经营管理、内部控制等许多方面都在大踏步地前进，我们现有的知识不足、理论支撑力度弱，对相关知识、业务了解甚少，迫切要通过学习来迅速提高自己。因此，我们明确提出举办中心支行会计科长研修班，学一些新知识。

第四，今年的工作要点不是泛泛地议论，不是坐而论道，而是实实在在的一个一个的工作项目。在内部，会计财务司有具体承担工作任务的处，有每项工作的完成时间，这就体现了务实的要求。我们没有提各分行、各金融机构要怎么样，怎么样，而是说我们要干什么事和怎么干这件事。从篇幅上看，今年的工作要点短了，但其内涵，扩大到了中央银行的各个方面，延伸到了商业银行、金融机构的会计制度，紧密联系了人民银行的中心工作。

这份工作要点，压在身上、压在心头，都是沉甸甸的。

《工作要点》导读[*]

今年的《人民银行会计财务工作要点》又和大家见面了。改完这篇东西，我没有以往完成一件工作后的那种轻松和喜悦，心头反而有些许沉重。Why？我不知道。

窗外依旧是蓝蓝的天，景色中少了冬天的凝滞，而多了春的气息。工作要点还是这些文字，还是这些内容，多了改进和完善会计事后监督、集中核算试点、研究国际会计准则。这些内容倒是新的，只不过占的篇幅太少了些。而工作要点的核心，突出了管理，突出了内部管理的要求，完全符合今年中央金融工作的

＊ 本文写于 2000 年 2 月。

总体部署。然而，我依然感到一丝遗憾，几许惶惑。想想自人类有了经济活动，就开始产生了核算，就有了管理。到了周代，已专门设置官吏，掌管财物赋税，进行月计，岁会。"会计"这个专业名词古代已经出现，"零星算之为计，总会算之为会"。周朝到现在有几千年了吧？会计已成为经济管理的重要工具，早已有了一整套科学的规范和制度，人类已经从结绳计数到算盘到电子计算机，经济已从农业经济到工业经济到知识经济，可我们在这儿提的"核算完整，信息真实，遵章守纪，账实相符"等等，是会计工作的最最基本的要求了。想来真是惭愧。我想起了鲁迅，他老人家在三十年代就叹息着："老调子要唱下去。"如今，我不是还在唱老调子吗？要唱到何时方休？

要是能写那样一份工作要点该有多好。我们一起畅想，进入 21 世纪后，金融业的服务范围和方式要求增设新的会计科目；加入世界贸易组织，中国的银行设在了好望角、设在了百慕大，我们设计瞬间完成的金融交易的清算管理；电子银行、网络银行普及了，我们构思 24 小时不间断的核算体系；人民币完全自由兑换了，我们开发金融新产品的自动计价；任何时候，想要了解会计信息，轻轻一按键盘，就会有一连串的现在的过去的遍布全球的数据任你取用……是面对未来，而不是面对过去；是面对发展，而不是面对问题。提出这样一份工作要点，大家都轻松，都振奋，都激动，那该多好。

　　"怕不是痴人说梦吧？""不是，会有这一天的。"一个声音回答了我。

切实整顿金融会计工作秩序

国务院《关于整顿会计工作秩序进一步提高会计工作质量的通知》的各项要求，同样适用于金融部门。金融系统内各家银行、各金融机构，要坚决执行《通知》要求，全面整顿金融会计工作秩序，提高金融会计工作质量，这是当前金融会计工作的一项重要任务。

应该说，金融会计工作有着坚实的基础和良好的传统。过去，我们曾以"铁账"树立了银行的信誉，赢得了社会各界的广泛赞扬。但是，近年来，会计工作中的种种问题也在金融部门逐渐蔓延，账目混乱，账外账，假造会计凭证、账簿、报表，转移收入，表外业务收入不纳入统一核算等等现象，在各金融机构中都有程度不同、形式各异的表现。这令有良知的金融会计工作者深恶痛绝。

金融会计工作中的种种不良表现，对金融工作的危害极大。它使金融会计信息严重失真，难以准确全面地反映金融运行的实际情况，从而对金融宏观决策产生误导。如银行贷款账外账问题，经查，就有2000亿元以上的贷款未纳入贷款规模；它使金融机构的经营成果不能完全反映各机构的管理水平和全体职工的劳动成果，反而诱发了不良风气；它使金融职工的收入分配不是真正靠诚实劳动获得，加剧了分配不公的状况；它使金融机构的信誉受到了严重损害，削弱了金融机构的竞争实力；它使银行的公共积累日益减少，给国家财政收支平衡和银行统一核算体制带来了冲击；它使不法分子乘虚而入，成为犯罪分子内外勾结，侵吞国家财产的黑洞。凡此种种，难道还不值得人深思吗？

整顿金融会计秩序，就是要在金融会计工作中坚决打假。金融会计工作打假并不难。第一，假的东西人人恨而诛之，就无立足之地；第二，作假的人毕竟心虚，乃至寝不安席，食无甘味，有自我纠正的勇气和动力；第三，假的是不能长久的，早改正，早主动；第四，国务院《通知》下发后，各地、各部门都在打击会计工作中的弄虚作假行为，金融会计工作打假，已经有了一个良好的社会环境；第五，中国人民银行在监管工作中，正在加强力度，从非现场监管到现场稽核的制度和工作程序已经确立，金融会计工作中的虚假行为处于四面楚歌之中。当前，各家银行、各金融机构要坚决落实《通知》要求，自觉地、主动地纠正金融会计中的不良表现。会计科目设置、账务组织要按照人民银行和各家银行总行的统一规定设置，会计核算要按科目和程序办理，会计凭证填写应要素齐全、准确真实，各项存贷款利息计算都要执行人民银行统一规定的利率水平和加息条件，成本开支、利润和收入都要执行财政部、国家税务总局的各项规定等等。总之，金融会计工作的法律、规定和制度，是我们做好金融会计工作的准绳和具体条件。只有严格执行这些法规和制度，整顿金融会计工作秩序才能真正落到实处。

全国金融工作会议会场速写

从祖国的四面八方赶来，带着北方的雪，南方的云，高原的风霜，海岛的葱郁。跨越江河湖海，踏过关山重重。还来不及洗去脸上的倦容，来不及抖落旅途的劳顿。天南海北的人们，聚集在北京，共同总结过去，一起用金融这支多彩的笔，描绘"九五"时期经济、金融发展的宏伟蓝图。

大厅里，坐满了人。每个人都是精神抖擞，聚精会神。戴相龙行长的报告，每一声都听得真切，每一句都听得入耳。总结过去，令我们每个人沉思：成绩自是可喜，经验也固然可贺，但深刻的教训，也让我们震动。部署今年，总体要求，一句句，言简意赅，环环相扣；工作任务，一件件，清楚明了，实实在在；

政策措施，一条条，明确具体，便于操作。于是，代表们的眉头舒展开了，代表们的面容开朗起来了。他们坐在这里，外表依然平静，但每个人的内心，都汹涌着一股激流；每个人的心头，都感到沉甸甸的。金融作为国家调节宏观经济的重要杠杆，作为筹集和分配生产建设资金的主渠道，在座的每个人，都是杠杆的操纵者，也都是闸门的开启者。我们的每一项工作，每一次决策，采取的每一个措施，一头关系着国计民生，关系着国民经济的持续、快速、健康发展；一头关系着广大人民的重托，把近 3 万亿元人民币交给我们经营和管理。我们能不感到责任重大吗？

想到这儿，会场里的每一个人，无论是作为管理当局的中央银行的官员，也无论是政策性银行、国有商业银行的行长们，还是股份制商业银行的"一把手"，以及保险公司的同志们，心底都响起一种声音：要认真按照会议提出的各项要求，坚决执行适度从紧的货币政策，依法管理，依法经营，提高信贷资金的安全性、流动性、盈利性，为"九五"计划顺利实施创造良好开端。

于是，大会堂里，再一次响起雷鸣般的掌声。领导同志亲切的话语，殷切的目光，鼓舞和激励着我们，去夺取今年金融工作的新胜利。待明年再相聚时，我们会自豪地说："我们说到了，我们也做到了。"

广泛、深入、持久地开展
"四讲一服务"活动

1996 年 4 月 3 日下午，北京京西宾馆大礼堂里，坐满了来自各家银行总行和北京分行、人保总公司和北京分公司、各金融机构驻京代表处、在北京的非银行金融机构的主要负责同志。他们来到这里，共同听取中国人民银行作出的"关于在金融系统讲改革、讲政治、讲法纪、讲效益，提高服务水平的决定"，听取戴相龙同志的报告和张肖同志代表商业银行、姚振炎同志代表政策性银行、马永伟同志代表各保险公司、中国国际信托投资公司总经理秦晓同志代表非银行金融机构所作的发言。

大家知道，1996 年 3 月 17 日结束的八届全国人大四次会议通过了《中华人民共和国国民经济和社会发展"九五"计划和 2010 年远景目标纲要》，这是我国跨世纪的宏伟纲领。实现《纲要》提出的各项奋斗目标，金融部门担负着重要职责和任务。如何用《纲要》提出的今后 15 年经济和社会发展的九条方针全面指导金融工作，同时也把政治思想工作真正同金融工作紧密而又有机地结合起来，真正做到有的放矢，就成为金融系统上上下下都在深入思考的一个重要问题。中国人民银行党组经过深入研究，并与各家银行、保险公司多次讨论，最后作出了这一《决定》。

《决定》是实实在在的。每一项，每一条，都有具体措施和内容，都有明确要求；都是把《纲要》的要求、目标和金融工作紧密结合，体现了金融作为现代经济的核心，服务于改革、发展、稳定的大局。同时，《决定》的针对性也很鲜明。每一个认真读过《决定》的同志，一定不难发现《决定》的涵盖范围、实现目标、执行措施的特征十分明显。

广泛、深入、持久地开展"四讲一服务"活动，和金融部门的每一个机构、每一项业务、每一个员工都密切相关。我们要结合自己的工作，认真思考怎样以自己的实际行动，落实《决定》，共同为实现《纲要》作出自己的贡献。我们这样做，不仅仅是为别人，也是为自己。当我们的微笑服务换得客户由衷的感谢时，我们自己的心情也会真正地开朗起来。

谈谈勤俭办金融

关于勤俭办金融的道理很多。我们国家是发展中国家，全国还有几千万人生活在贫困线以下；我们的银行是国有的，担负着调控宏观经济、支持经济发展的重任，节约资金用于现代化建设尤为必要；勤俭是中国人的传统美德，何况"勤以养德，俭以养性"，勤俭也体现了个人的道德修养。等等，等等，不一而足。

这些道理，大家都懂，无须赘述。我只想讲出国时见到的几件小事，说明富裕了，也要勤俭办金融。

1993年秋，我去维也纳参加国际货币基金组织举办的一个研修班，和来自东欧、前苏联国家的近30名高级官员一起学习2个星期。为便于大家相互交流，主办者给每个学员发了一个极普通的旧塑料夹，里边是打印的一张名片大小的纸片，写着个人的名字、国别和工作单位。学习结束时，主办者要求我们把这个塑料夹交回去（里边的纸片可以自己留作纪念）以便下期学员再用。我不知道这个塑料夹已经用多久了。这件小事使我久久不忘。是奥地利的经济发达程度不如我们，还是国际货币基金组织财务上遇到了困难？我想不通。想起国内每次开会，会议证都是新的。两相比较，我无话可说。

到法国国家行政学院学习时，同去的中国人以为，既然法国大菜那么有名，我们又都是高级官员，法国人一定会宴请我们的。终于在一天中午，院长先生在他的办公室举行招待会。两盘点心，一堆饮料，院长先生简短而又幽默的致辞，表达了主人的盛情厚意，也表达了简朴自然的风格，同样令我难忘。

在新加坡研修时，曾和来自 13 个国家和地区的 35 名学员共同学习了 5 个星期。每逢周末，新加坡金融管理局都安排活动，其间我们还去马来西亚活动 3 天，自然会遇到签证、机票、住宿、接送等诸多事项。就这样一个团体，每天要请不同的教师授课，每天中午去不同的餐厅吃饭，每天发学习资料，但是，为我们全体学员办这些事情的只有 2 位新加坡金融管理局的职员，而她们从来不和我们一起就餐。

对比之下，我还是无话可说。我们有什么理由不勤俭呢？

谈谈今年的金融工作

　　全国金融工作会议确定的今年金融工作总体要求是：落实十四届五中、六中全会精神和中央经济工作会议确定的目标和任务，认真实行适度从紧的货币政策，促使今年物价涨幅低于去年，切实整顿金融秩序，防范和化解金融风险，深化金融体制改革，明显提高金融企业经营管理水平，克服"大而全"、"小而全"和低水平重复建设，深入开展"四讲一服务"活动，以促进"两个根本转变"。

　　为了实现金融宏观调控目标，今年要加快改进金融宏观调控方式。中国人民银行决定，今年做准备，明年将人民银行对商业银行流动资金贷款规模的指令性控制，改为在人民银行调控监督下的商业银行自我控制。为此，商业银行要在健全自我约束机制、提高全行资金调度能力、防止企业挪用流动资金搞固定资产投资方面作出重大改进。

人民银行要分季试编基础货币供应计划，运用存款准备金、同业拆借市场、公开市场操作、利率、再贴现等手段进行适时有效调节。

为进一步加强金融监管，切实防范和化解金融风险，必须坚决迅速改变那种对本地区、本部门正在暴露和扩大的金融风险视而不见、见而不查、查而不力，甚至姑息护短的状况。一是坚决、彻底取缔非法设立的金融机构，严格执行银行与信托业的分业管理、分业经营原则；二是严禁银行资金进入股市；三是继续查处违规经营和私设账外账；四是加强现金和储蓄账户的管理；五是坚决抑制不良贷款上升。今年各国有商业银行不良贷款比例要比去年下降 2~3 个百分点。

在深化金融改革方面，农村金融体制改革主要是按照合作制原则规范对农村信用社的管理，制定有关的管理规定，加强对农村信用社的风险管理，建立农村信用社自律组织。

商业银行改革，主要是提高国有商业银行资本充足率，金融会计制度执行谨慎原则，建立国有商业银行监事会，加快城市合作银行组建工作，进行少数农村合作银行的试点。国有商业银行要明确服务重点，强化内部管理。

金融市场要坚持以间接融资为主，逐步提高直接融资的比例，继续稳步发展外资金融机构，做好上海浦东地区外资银行经营人民币业务的试点工作，支持我国金融机构到境外设立机构。

在促进经济结构调整力度上，要积极运用信贷和利率杠杆。近期公布《中国人民银行"九五"时期信贷政策》，引导贷款按信贷原则和产业、区域、技术发展政策发放贷款。做好农村信贷工作，增加农副产品的生产和发展，支持农副产品的生产、加工和销售一体化发展。继续落实支持国有大中型企业的10条措施。积极帮助企业开拓国内外市场，落实支持相关产品出口的六条措施，支持培育新的经济增长点。尽快颁布《个人住房担保贷款管理暂行办法》，对民用住宅信贷实行规范管理。

开展"四讲一服务"活动要同金融系统精神文明建设相结合。金融系统要广泛开展切实履行金融职业责任、大力弘扬金融职业道德、严格执行金融职业纪律的群众性自我教育活动，表彰先进、崇尚先进、学习先进。要按照党中央、国务院的部署，加强党风廉政建设，抓好反腐败各项任务的全面落实。领导班子一要抓整顿和建设；二要抓领导班子的思想政治建设；三要有计划地推进领导干部定期交流；四要培养一大批高素质、跨世纪的高级经营管理后备人才。干部培训要持续开展岗位培训、短期适应性培训、领导干部和跨世纪高层人才的培训。

谈谈印章

　　银行工作是离不开印章的。举凡会计账簿、各类报表、单据凭证、钱捆封签、贷款的发放与收回，几乎每一笔业务的处理，都要盖上公章或业务公章和经办人名章。但是，您知道印章表示什么？最初是怎样的吗？

　　"印"是我国古代人双方表示信义之物。"印"字篆体字写作"㊞"，上部是"爪"，下部是"卩（节）"，像手持竹节的样子。其意义就是说，将一个竹节劈为两半，两人各持一半，以后凭此相对。由此可见，印章是作为凭信工具使用的。早在春秋战国时期，印章就已出现，当时主要通用于商业。秦统一中国后将印章明确分为"官印"和"私印"，就如同今天的"公章"和"私章"。我们现在印是红油盖在纸上，在蔡伦发明纸张以前，印是佩挂在身上，以示身份。再往前一些时候，印是捺在泥上，就是捆扎货物的绳结处，用泥封上，再在泥上捺印，以防他人私拆。到了宋朝以后，印章从单纯的信物逐步发展成为一种专门的艺术，与书法、国画并提为书画篆刻。

　　以上可知，印章是一种凭信之物，它不仅代表我们对一件事物的认可、证明，而且具有法律效力。当您同意了一笔贷款，盖上单位公章和自己的名章时；当您处理完一笔业务，盖上业务公章和自己名章时；当您编完报表盖章时；当您整理完钱款在封签上盖章时，那么，您是否认识到，这不仅仅是表示这笔业务是经您手完成的，更重要的是证明这笔业务的可靠、真实与完整，并且您是要对此负责的。

　　亲爱的同志，可以相信，您认识到了这一点，您就会更认真、更负责地对待自己所从事的工作了。

请到"芳草地"来做客[*]

当柳枝不再招摇，阳光也收起铺张，一池秋水、几片落叶已经传递着秋的意味的时候，"芳草地"带给了我们一片新绿，一份希冀，一缕清风。

我们工作在会计财务司这个集体里，在紧张的工作中，我们渴望放松；在忙碌的生活里，我们渴望闲逸；在充满挑战的日子里，我们渴望交流。烛光下，一杯苦咖啡在手，一个人静静地独坐，那是放松；对着卡拉 OK 话筒放声大吼，也是放松。夜晚，捧着一本书默默地读，那是闲逸；早晨，让慵懒的阳光照在身上，我们蜷缩在床上，也是闲逸。高朋满座，高谈

---

* 我任会计财务司司长时，组织司里同事办了一份墙报，叫"芳草地"，并写了发刊词。

阔论，那是交流；围炉小坐，浅斟细酌，轻声慢语，也是交流。但我们并不满足，对于工作中的想法、经验、建议，自己的进步、个人的感悟，我们更期望有一块园地去表达。于是，党支部、工会、团支部联合创办了"芳草地"，来充实我们的生活，活跃办公室的气氛，推动我们的工作，丰富我们的人生。

也许，若干年后，夕阳西下的时候，我们会不经意地想起，若干年前，会计财务司的"芳草地"，于是，回忆中添了一份温馨，那也是我们今天的一个成果。

欢迎大家到"芳草地"做客。请记住，爱护草地，切勿践踏。

马司长致对手*

敬启者：

　　首先我们要道歉，在人民银行总行机关职工第四届乒乓球比赛中，我司男女队一不小心，就赢了你们。我们承认技不如人的规律，我们也承认我们的运气总是好过对手，但是，机遇是为那些有才能的人准备的，你说呢？

　　乒乓球虽然很小（尽管现在开始实行了大球，但

---

　　* 2000年10月底、11月初的日子里，总行机关举行第四届乒乓球赛。我司女队一路过关斩将，最后获季军；男队首战遭遇强手人事司队，以3∶2险胜；其后，条法司队不战自降，又拼掉内审司队，最后列第五名。这在会计司历史上是第一次。我们以前默默无闻，不被人重视，取得了胜利，难免别人不服气。于是，在11月2日上班前的几分钟里，我写了这么简短的几句话，通过 E-mail，传给了我们战胜过的对手，不但赢了，还要气气对手。

348

也仅仅只有30mm），却凝聚了多少中国人的心血。团体赛的胜负，包含了运动员的技术、智慧、教练员的战术指导、拉拉队的临场助威，还有比赛双方的心理战，排兵布阵前的深思熟虑，对对手的情报信息掌握。可以说，取胜不是偶然的，而是必然的，你能知道偶然与必然的区别吗？

再次谢谢你们，不仅让我们锻炼了队伍，也让我们赢得了荣誉。

四大猜想之通知[*]

发布单位：副局长

发布人：马德伦

发布日期：2002 – 06 – 06

紧急程度：加急

通知、通报的主题：世界杯猜想

摘要：有奖瞎猜

通知、通报的内容：

---

[*] 这是 2002 年世界杯开幕后，我在局域网上发布的。当时，世界杯成为
人们的一个主要话题。我不是球迷，但我也被大家感染，就出了这四个猜想，
当天就收到了十多份答卷，竟然有人全部猜中。

SAFE 四大猜想

难度：歌德巴赫≤四大猜想≤真实性审查

四大猜想

之一：32 支队伍，谁具冠军相？

之二：736 名队员，谁捧金靴奖？

之三：16 支强队，谁把悲歌放？

之四：16 支弱旅，谁逞"黑马"狂？

全部猜中者，大奖！！！

单项猜中者，小奖！！

数人猜中者，分奖！

答案在 6 月 7 日下午 5:00 前发送有效，发奖仪式在世界杯结束后举行。

致俄罗斯联邦银行（中央银行）
副行长梅尔尼科夫

尊敬的梅尔尼科夫副行长：

如您所预料的那样，依据中国的退休制度，我在近日已卸去了所担任的中国人民银行副行长职务。此时此刻，我分外地想念您，想念我们每次见面的场景，想念我们一起主持的从2007年以来的第8次到今年的第12次金融分委会。5年多来，我和您，都为两国的金融合作倾注了无数的心血。两国的金融合作也从互为对手发展到融资，发展到货币合作的高度，也为实现两国经济发展的战略目标提供了支持。这些丰硕的金融合作的果实，将载入两国的历史，也让我们的一生为此而骄傲。

尊敬的梅尔尼科夫先生，正是在这样的合作当中，我结识了您，也了解了您。我们都是真诚的人，因为真诚而相互包容；我们都是直率的人，因为直率而相互信任；我们都是智慧的人，因为智慧而相互协商，解决了一个又一个合作中的问题。作为金融分委会的主席，我们不仅要解决合作中的问题，更要为两国的金融合作把握和规划出方向和战略步骤。可以说，我们是很好地履行了这一职责的。

尊敬的梅尔尼科夫先生，我尊重您，不仅因为在年龄上您是兄长，更是因为您对工作的责任心，您为实现目标而表现出来的坚定意志，为维护国家利益而不懈努力的精神。这些，连同您的形象一起在我的目光中高大起来。也正是从您这儿，我更深刻地体会到，在 70 年前那样残酷的战争中，俄罗斯为什么取得了最后的胜利。

我们在工作中的交往，让我们结下了深厚的友谊。在我卸任之际，我尤其难忘您和我之间的友情，是那么美好。您永远留在我记忆的屏幕上。每每想起来，心底就温暖，就感动，对您的想念就更强烈。

我感谢您，还要感谢您的那些同事们，斯洛波多娃、赫列布托夫、亚历山大罗娃、卡普拉诺娃、郭罗斯……

您是我一生的朋友。今后，只要您来中国，请告知我，让我有机会和您再叙友情。

也衷心祝愿您和您的家人快乐、健康、平安。

马德伦

2011 年 12 月 1 日

附：梅尔尼科夫回信的译文[*]

致：我的朋友马德伦先生！

尊敬的马德伦先生：

您的来函令我十分感动。获悉您即将卸任中国人民银行副行长一职，令我十分惋惜，这一天来得太快了。我们一起共事的岁月不仅让我感受到您深厚的专业素质、博大的爱国情怀，更让我拥有了您这样一位亲密的朋友。

与您共事的这些年对我来说是莫大的荣幸和快乐。这期间我们共同完成了许多工作，并为其将来的巩固和完善打下了良好的基础。

---

* 我司于 12 月 12 日收到此函的俄文及中译文。

355

尊敬的马德伦先生，我相信，您丰富的经验和渊博的学识还将继续为我们两国的友好与合作事业的发展作出贡献。请您相信，不管世事如何变幻，您都将永远在我心中。我由衷地期待在未来能延续与您的会面。

此致，

敬礼！

（致我的朋友：为我们的友谊而骄傲，拥抱您——亲笔）

维克多·梅尔尼科夫

2011 年 12 月 2 日

致哈萨克斯坦国民银行
（中央银行）副行长塔吉雅科夫

亲爱的塔吉雅科夫副行长：

　　此刻，当我提笔给您写下这封信时，我的内心里充满了对您的怀念。正如您所想到的那样，依据中国的相关制度，我因为年龄的原因，已不再担任中国人民银行副行长，所有与副行长职务相关的其他职责也已结束了。我知道，这是您所不愿意听到的消息。我记得，7月14日晚在国家森林公园里的那个酒店，在您主持的晚宴上，您曾说过："我希望在接下来的六年里，继续和您共同主持中哈金融分委会。"当我没有作出响应后，您继续追问："您还没回答我的问题"时，我心里十分清楚您的良好心愿。

是的，我多么希望能继续和您共同主持中哈金融合作分委会啊。在过去的五年多时间里，我们共同主持了从第三次到第七次的分委会，我们一起推动着两国的金融合作从金融机构间的代理行发展到融资，到本币结算，到本币互换，参与两国金融合作的银行也越来越多。五年多来，从初秋的阿拉木图到严冬的阿拉木图，从里海之滨的阿克套到美丽又极具现代感的阿斯塔纳，在哈萨克斯坦，我们多次会晤；从中国上海到山东日照，到三亚，到乌鲁木齐，每次的相聚又总是那样短暂。每次我率团去哈萨克斯坦，您都盛情地接待我们，细致又周到地安排会议、我们的住宿、饮食和参访活动。您出色的管理能力，您细致入微的工作精神，您坦诚豁达的风格，您全面深入的专业品德，都在我们的交往中充分展示了出来。可以说，您和我，为两国的金融合作倾注了心血，为两国的经济贸易往来的扩大、为两国友谊洒下了汗水。

亲爱的塔吉雅科夫副行长，虽然我们出生在不同的国度，共同为祖国服务的使命让我们结识，让我们了解，让我们成为好朋友，更让我们成为兄弟。由于历史的原因，我们在相似的政治环境下接受教育，一点点长大。您是从银行最基层的机构干起来的，我也在一个城市的支行工作过。所不同的是，您在30多岁时，已走上高级领导岗位。您年纪轻轻时，已被大家认定一定会成为领导的。不仅仅是因为这些，我尊敬您，是因为您的真诚，是因为您的热情，是因为和您的知心。我敬重您，更因为您是我的兄长，我们之间已经从友谊发展到友情，已经从工作关系发展到您和我、您的家庭和我的家庭之间的这种亲情一样的关系了。我记得您对我儿子婚事的关心，记得您在我生日时的祝福，记得在中国春节时您的信函所表达的真情。这一切，将成为我终生不忘的记忆。

亲爱的兄长，请允许我这样称呼您。您知道，此刻对于曾经全身心地投入到工作中的我来说，是个尤为艰难的时刻，我需要一段时间，才能渐渐适应新的生活。此刻，我分外地怀念您，更渴望见到您，也非常惦记您。我清楚地知道，哈国民银行在阿拉木图和阿斯塔纳两地办公，更加重了您工作的负担。每每看到您匆忙的脚步，又知道您睡眠不是很好，更加深了我的挂念。真的希望您能适时放慢一下工作的节奏，让自己能有一点放松的时候。今后，当我们不是因为工作而再见面的时候，让我们有更多的时间来享受生活的乐趣。所以，我期待着。期待着今后您每次来中国，我都能陪您到中国的其他地方去看一看。我期待着，期待着您的家人和我的家人一起，到中国的一些地方走一走，去领略不同国家的山水地理，感受不同的人文风貌。

亲爱的兄长，衷心地祝愿您身体健康，祝愿您全家快乐平安。愿幸福陪伴您和家人一生。

深深怀念您的。

马德伦

2011 年 12 月 7 日

附：塔吉雅科夫回信的译文

亲爱的马德伦：

　　您发自心扉的来函深深地感动了我，您离任的消息使我感到有些哀伤。

　　很多年来我们已习惯于从事的这种工作，并为之付出了很多时间和精力，然后突然在某个时刻这种积极紧张的生活节奏突然被平静所打破。我理解您现在的心情，经常温情地回忆起与您的所有会面。但不管怎样，我都希望您作为中国中央银行有过基层工作经验的领导者会轻松应对生活中的各种变迁。

　　首先，我想对您表达敬意并感谢您与我的友情，以及我们之间业已建立的友好、务实的伙伴关系。我同您一起工作非常愉快并时刻能感受到您为实现中哈双边关系发展目标给予的大力支持。

近年来，两国中央银行金融合作分委会的工作在建立伙伴关系、信任与开放水平等方面均达到了新的高度。我们高度评价您在中国银行系统丰富的工作经验，并为我们之间在互相谅解和互相尊重基础上建立的密切关系而由衷的高兴。您致力于加强中哈两国央行关系的努力为两国金融合作的发展作出了重要贡献。

我非常高兴您称我为兄长，我同样对您感到亲切并像对待自己的亲人一样关心您。我愿意与您再次分享家庭的快乐，我们家又添了一个孙女，她已满三个月了。

希望我们将来可以在非正式场合在中国会面，如果您希望再次访问哈萨克斯坦，无论何时何地我都将非常高兴地找机会与您会面。

我相信，您在生命的新阶段依然会过得充实、开心和快乐。衷心祝愿您家庭幸福，心想事成。祝您精神饱满、心情愉快并对未来充满信心。

期待着我们下次见面。

哈萨克斯坦国家银行副行长

塔吉雅科夫（签名）

2011 年 12 月 29 日

附：塔吉雅科夫的俄文回信

Госполину Ма Лалунъ

Дорогой Ма Далунъ!

Я глубоко тронут Вашим лушевным лисъмом и несколъко огорчен новостъю о Вашем уходе на ленсию с должности заместителя Председателя Народного Ъанка Китая.

Много лет мы занимаемся лривычной деятелъностъю, которой отдаем много времени, в которую вкладываем частичку своей души. Лотом в какой – то момент лривычный активный стилъ жизни меняется на слокойный. Я лонимаю Ваше душевное состояние и с теплотой вспоминаю все наши встречи с Вами. Но, несмотря ни на что, я надеюсъ, что

Вы, как человек, который руководил важными структурными подразделениями централвного банка Китая, легко сможете справиться с любыми переменами в жизни.

Прежде всего, хочу выразить Вам свое уважение и поблагодарить Вас за взаимную дружбу, а также выразить признательность за сложившиеся дружеские, деловые и партнерские отношения. Мне было очень приятно работать с Вами и чувствовать Вашу поддержку в реалисапии задач, направленных на развитие двусторонних отношений между Казахстаном и Китаем.

За годы работы в рамках деятельности казахстанско – китайского Подкомитета по финансовому сотрудничеству центральные банки наших стран достигли высокого уровня партнерства, доверия и открытости. Мы поистине Высоко цеиим Ващ большой опыт в банковской системе Китайской Народной Республики и искренне рады нашим тесным отношениям, сложившимся на основе взаимопонимания и взаимоуважения. Ваша активная работа, нацеленная на создание блаяоириятных условий для укрепления взаимосвязей между Национальным Ъанком Республики Казахстан и Народным Ъанком Китая, внесла значительный вклад в обше развитие финансового сотрудничества между нашими странами.

Мне очень приятно, что Вы называете меня

сташим братом и я также отошусъ к вам с теплотой и заботой о Вас, как к близкому и родному человеку. Ис удовольствием хочу поделиться с Вами семейной радостью, что у меня родиласв внучка, которой сейчас три месяца.

Я надеюсь, что в будущем у нас будет возможность встречаться с Вами в дружеской неформальной обстановке и в Китае мы сможем провести время вместе. Как только Вы пожелаете снова посетить Казахстан, я с радостью найду возможность для встречи с Вами влюбое время и при любых обстоятельствах.

Я также убежден, что вы сможете сделать новый период Вашей жизни более насыщенным, ярким и радостиым. Искренне хочу пожелать Вам семейного благополучия, реалидации всех Ваших творческих замыслов, уверенности в завтрашнем дне, а также бодрости духа и прекрасного настроения.

С увансением
и набенсбой На Новую всмречу,

Заместителч Председателя
Националчного Ъанка
Республики Казахстан

Ъ. Ш. Таджияков

那个年代

夜月聽鐘

我从自己的笔记本中，又看到了那个年代，心头微微一震。那是一段任何人都无法回避也无法抹掉的历史，那是那一代人的心路历程。那一代的人，曾经真诚的相信，曾经自觉的改造，曾经热情的歌颂，曾经盲目的……那个年代过来的人，对那个年代的记忆刻骨铭心。

　　翻捡起这些往事的记录，二十岁的人看了，会感到惊异；三十多岁的人看了，会感到新鲜；经历过的人看了，还会感到痛楚吗？

　　这里的三篇学习毛主席著作的心得，都写于1965年，那时我在初中；学习毛主席著作的讲用稿和生产队的会议记录，是1971年春天的事情，那时我在石河屯插队；《在烈士陵园里》、《板报会师在工厂门前》、《工厂门前的光荣榜》，写于1972—1975年，那时我在工厂当机修工人；《献给党》，则写于1979年夏，那时我在财贸学院，是大一年级的学生。

　　那个年代，不会忘记，也不应忘记。

学习《为人民服务》心得

　　今天，翻开毛主席著作乙种本，我又一次学习了《为人民服务》这篇文章。这次学习又有很大的收获。

　　毛主席在这篇文章里，提出了一个非常重要的问题，就是革命者的人生观的问题。一个真正的革命者，他的人生观就应该是全心全意为人民服务。只有有了全心全意为人民的人生观，才能在学习、工作、劳动中，排除万难，任劳任怨，克己奉公。以前，在这方面，我并没有想到树立全心全意为人民服务的人生观，而只想自己活得快乐就行了。这种人生观同无产阶级人生观比较起来，是多么藐小啊。这是资产阶级个人主义思想在作怪。学过《为人民服务》之后，使我认识到自私自利是这种人生观产生的原因。只有向雷锋同志学习，克服这种错误思想，树立全心全意为人民服务的思想，才能成长为可靠的共产主义接班人。

文章第三段，毛主席指出为了更好地为人民服务，必须坚持对的，改正错误。过去，我没有很好地利用批评和自我批评这个武器。有时，同学给我提意见，这本来是一件好事，可是，由于自己的思想不正确，不能虚心地接受同学的意见，这是不对的。同学给自己提意见，正是帮助我更快地进步。今后，无论任何人给我提意见，我都要虚心接受，对同学意见采取"有则改之，无则加勉"的态度。只有这样，才能更好地为人民服务。

学过这篇文章，使我认识到，全心全意为人民服务，是无产阶级的世界观，我要树立全心全意为人民服务的思想，为人民服务一辈子。虚心接受他人的意见，正确运用批评和自我批评这个武器，不怕困难，克服困难，成为又红又专的共产主义接班人。

学习《反对自由主义》心得

　　学习了《反对自由主义》这篇文章，使我受到了很大的教育。文章中的每一句话对我都有极其深刻的教育意义。

　　毛主席在这篇文章中，分析了自由主义的来源、危害和种种表现。自由主义的来源，在于小资产阶级的自私自利性，把个人利益放到第一位，革命利益放到第二位。因此，在思想上、政治上、组织上产生了自由主义。自由主义的危害是极其严重的，它会使团结涣散、关系松懈、意见分歧、工作消极。它使革命队伍失掉严密的组织和纪律，政策不能贯彻到底，党的组织和党领导的群众发生隔离。自由主义有十一种表现。对照自己，我也犯了许多自由主义。新学期开始了，我和杨忠义同学一桌。杨忠义经常说话，有时我也就管不住自己，也说话。杨忠义同学上课睡觉，这样就损害了群众利益，我看见以后，就推了他几下，他起来之后又趴下了，我就干脆不管了。有时自己和前后桌的同学说话，自己明知道不对，可是还说。自己对自己采取了自由主义。学过这篇文章，使我认识到，自由主义的危害性是十分大的，我们要运用马克思列宁主义和毛泽东思想，克服消极的自由主义。遇到事情，要以集体利益为重，个人利益无条件服从集体利益。今后，我要严格要求自己，积极克服自由主义，努力学习毛主席著作，加强自己的组织观念，使自己早日加入共青团。

学习《纪念白求恩》心得

　　学习了《纪念白求恩》这篇文章，我深深地被白求恩同志那种伟大的共产主义精神和国际主义精神感动了。为什么白求恩同志能够不远万里，不怕艰苦来到中国帮助抗战呢？这是因为他树立了共产主义人生观。通过学习，使我认识到，一个人只有树立了共产主义的人生观，才能全心全意地为中国和世界上绝大多数人服务。过去，我并没有树立起共产主义人生观，而只想自己活得快乐，这同白求恩同志相比，我是多么藐小啊！这正是"一事当前，先替自己打算"。这种思想的实质就是资产阶级个人主义思想的反映。党要把我们培养成为无产阶级革命事业的接班人，可是资产阶级却要把我们培养成为他们的"接班人"。我们革命事业的接班人应该是不怕艰苦，不贪图享乐的人。可是，那种只想为了自己活得快乐，实质就是贪图安逸，畏惧艰苦。现在我们国家的面貌基本上还是一穷二白的，要想把我国建设得富强起来，正像毛主席说的，还需要二三十年的时间。在我们革命的道路上，还横亘着无数艰难险阻，只有艰苦奋斗勇往直前，才能取得革命的胜利。我要树立"一心为革命，一切为革命"的共产主义人生观，全心全意为人民服务。

毛主席在这篇文章中说："白求恩同志毫不利己，专门利人的精神，表现在他对工作的极端的负责任，对同志对人民极端的热忱。"可是我呢，自己担任物理课代表工作，可是只限于取送教具、收作业等。对物理学习不好的同学也不能主动地帮助他们。一事当前，先替自己打算。就拿冰刀这回事来说吧，每回发冰刀都跑到前头，想挑一双刃足、鞋好的，这一切都是个人主义思想的反应。白求恩同志以医疗为职业，对技术精益求精。可是我呢？学习好一点，就不抓紧时间来学习，在自习时和同学说没用的话，白白地浪费了许多时间。

总之，学习了这篇文章，对我的教育极大。使我明白了一个人究竟是为了什么活着，怎样才能生活得有意义。我要逐步树立全心全意为人民服务的人生观，像白求恩同志那样，把自己的一生，献给中国革命和世界革命，做一个毫不利己、专门利人的人。在前进的路上，永不停止，永不自满，使自己成为一个能文能武的红色接班人。

广阔天地，大有作为

——学习毛主席著作讲稿

1968 年 11 月，我和集体户的其他十名同学，响应伟大领袖毛主席"一切可以到农村中去工作的知识分子，应当高兴地到那里去，农村是一个广阔的天地，在那里是可以大有作为的"伟大号召，身背行装，怀揣宝书，手捧毛主席画像，意气风发，斗志昂扬地来到了新安公社石河屯三队，踏上了与工农相结合的康庄大道。

两年多来的实践使我深深体会到"知识青年到农村去，接受贫下中农的再教育"真是"很有必要"。实践证明，无限忠于毛主席的贫下中农，是我们的最好老师；农村这个广阔的天地，是活学活用毛泽东思想的最好课堂；三大革命的实践，是锤炼一颗无限忠于毛主席的红心的大熔炉。我愿意在这个广阔的天地里，在毛泽东思想的哺育下，永远坚定地走与工农相结合的道路，沿着伟大舵手毛主席指引的航向，昂首阔步向前进。

紧跟统帅毛主席，扎根农村志不移

1968 年，党中央、毛主席发出了知识青年上山下乡的战斗号令。我想，我是一个革命青年，应该响应毛主席的号召，上山下乡，到革命最需要的地方去，接受锻炼和考验。但是又一想，农村的生活条件不如城市，农活也挺累的，自己的身体比较弱，到农村能否吃得消呢？正在我犹豫不决的时候，工宣队的师傅们给我送来了战无不胜的毛泽东思想。伟大领袖毛主席教导说："中国广大的革命知识分子，应该觉悟到将自己和农民结合起来的必要，农民正需要他们，等待他们的援助，他们应该热情地跑到农村中去。脱下学生装，穿起粗布衣，不惜从任何小事情做起……"毛主席的伟大教导，像一盏明灯，指引了前进方向，坚定了我走与工农相结合的道路的决心。

1968 年 11 月，我们来到了石河屯，受到了贫下中农的热烈欢迎。贫下中农听说我们要来，早已为我们准备好了生活的一切，从住房到柴米油盐，准备是那样的周到，使我们在下来的第一天，便感受到了贫下中农的温暖。晚上，召开了全队社员的欢迎大会。会上，我们和贫下中农互赠红宝书。贫下中农勉励我们要读毛主席的书，听毛主席的话，照毛主席的指示办事。散会回来，躺在热乎乎的炕上，想起贫下中农对我们热情欢迎的场面，在欢迎会上的热情话语和殷切希望，我觉得我的路是走对了。

第二天一早，我和另一个同学信步走到村外，来到了北山上。当时正是千里冰封、万里雪飘的隆冬季节，极目远眺，"山舞银蛇，原驰蜡象"，听"朔风吹，林涛吼，山谷震荡"，心情舒畅极了。我们饱赏了北国风光，觉得这儿的风景还是不错嘛。下来的头几天，我感到，农村的一切都是那么新奇有趣，很有意思。

然而，过了不久，遇到了困难，这种想法便逐渐消失了。轮到了我们自己做饭，火总是掌握不好，生一顿，糊一顿，菜也不太多，生活比较艰苦。尤其是参加了劳动，更觉得农村的艰苦了。刚参加劳动，就是上山伐木材，看到别人轮起斧子，毫不吃力，拳头粗的小树，二三下便砍倒了，而我们一下又一下，常常得十下、八下才能砍倒。讨厌的树枝总爱和我们开玩笑，一会儿碰在脸上，一会儿又划在手上，加上中午带饭，经常热不透，外边热了里边还是冰团。每天收工回来要走八九里地，我总觉得很长很长。我的思想动摇了，便想到了家，想到吉林市整齐高大的楼房，宽阔笔直的马路，奔驰的汽车。于是，群山也就不似往日那么可爱了，山里的风声，不似以前那么入耳。刚来时的那种农村的一切都新奇有趣的想法也无影无踪了。

就在这个时候，我们最好的老师——贫下中农教育了我，战无不胜的毛泽东思想给了我战胜困难的勇气和信心。尤其是听了公社卫生院张喜龙同志忆苦思甜的报告，更加坚定了我克服困难、接受锻炼和考验的坚强决心。

在那暗无天日的旧社会里，日本鬼子铁蹄的践踏，三座大山的沉重压迫，地主老财的残酷剥削，夺去了他的父亲、母亲和年幼的弟弟的生命，害得他一家家破人亡，无家可归。是伟大的党、敬爱的毛主席领导穷人闹革命，把张喜龙同志从水深火热之中拯救出来。从此，他参加了中国人民解放军，跟随毛主席南征北战，以后又转业到地方，过着幸福的生活。我们今天的幸福生活，不正是无数革命先烈抛头颅，洒热血，经过几十年艰苦卓绝的斗争，才换来的吗？我们生在新社会，长在红旗下，没受过先辈们所受的苦，不知道今天的幸福生活来之不易。而我们到农村来，正是为了补上这一课，在改造客观世界的同时，改造自己的主观世界，把自己培养成为无产阶级革命事业的可靠接班人，使无产阶级铁打的江山千秋万代永不变色。怎么能见困难就怕，怕苦怕累，贪图安逸？这不正是毛主席所说的"知识分子在其未和群众的革命斗争打成一片，在其未下决心为群众利益服务并与群众相结合的时候，往往带有主观主义和个人主义的倾向，他们的思想往往是空虚的，他们的行动往往是动摇的……"

毛主席的话，像一轮红日，升起在我心里，我认识到自己的怕苦怕累思想，正是使自己"变修"的开端，这是极其危险的。农村虽然苦一点，但是，这些苦和先烈们爬雪山、过草地比起来，和先辈们所遭受的压迫比起来，又算得了什么？农村这个广阔的天地，是培养人、改造人、锻炼人的最好课堂，自己的怕苦怕累的思想，只有在三大革命的熔炉中才能得到改造，知识分子的这种缺点，只有在长期的群众斗争中才能克服。

心中升起红太阳，风吹浪打不迷航

我们刚来不久，政治队长钟万有便向我们介绍了我队的特殊情况：全队二十九户人家，没有一个带帽的地主反动分子。但是，能否说，没有五类分子，就没有阶级斗争呢？不能这样说，实践说明，阶级斗争并没有结束，无产阶级和资产阶级之间的阶级斗争，各派政治力量之间的阶级斗争，无产阶级和资产阶级之间在意识形态方面的阶级斗争，还是长时期的，曲折的，有时甚至是很激烈的。如果我们不是这样地提出问题和认识问题，我们就要犯极大的错误。

我们刚刚来到农村，对于周围的人还不太熟悉。这时候，有一个人，经常来到我们屋内和我们说说笑笑，一口一个哥们长、哥们短的。并且装出一副可怜相说本队的政治队长、共产党员钟万有如何欺负他这个外乡人，指使人打他撵他搬家等。他的甜言蜜语，欺骗了我们。当时，由于我们没能用阶级分析的方法去分析观察一切，去进行调查研究，所以，就相信了他的话。他呢，便利用红卫兵小将敢于进行革命造反的大无畏精神，替他伸张正义。贫下中农看到了这种情况，十分痛心，他们和我们一同学习了毛主席的伟大教导："你对于那个问题不能解决吗，那么，你就去调查那个问题的现状和它的历史吧，你完完全全调查明白了，你对那个问题就有解决的办法了。"我们遵照毛主席的教导，进行了详细调查。事实证明，他是一个资产阶级思想严重、贪污盗窃、投机倒把分子。我们认清了他的本质，很快地行动起来，以笔做刀枪，口诛笔伐，杀向革命大批判的战场。狠批了"阶级斗争熄灭论"、"三自一包"、"四大自由"等，有力地打击了阶级敌人的破坏活动。事实教训了我，阶级斗争是青年的一门主课，我们忘记了阶级斗争，忘记了无产阶级专政，放松了革命警惕，就会在阶级斗争的大风浪中，迷失方向。所以，要学会用阶级和阶级斗争的观点分析一切事物。

一个时期，集体户的生活管理不好，一些人便开玩笑似地对我们说，你们干脆像二队的田希山、李云他们结婚算了，那有多好。听了这话，我觉得刺耳。回到户里，翻开了毛主席语录，毛主席说："在阶级社会中，每个人都在一定的阶级地位中生活，各种思想无不打上阶级的烙印。"这不是一般的玩笑，这是资产阶级在争夺我们年轻的一代。如果我们上了他们的当，就会舒舒服服地被演变过去，忘记了中国革命和世界革命，就会忘记南越丛林中的战士，印度乡村中的饥民，纽约哈莱姆区的黑人，忘记那世界上三分之二的受苦人。于是，我便更自觉地遵照毛主席的"青年应该把坚定、正确的政治方向放在第一位"的教导，更加努力活学活用毛主席著作，用毛泽东思想武装自己的头脑，永远前进在继续革命的征途上。

活生生的事实告诉了我们，帝国主义者和国内反动派绝不甘于他们的失败，他们还要做最后的挣扎。在全国平定的时候，他们也还会以各种方式破坏和捣乱，他们将企图在中国复辟，这是必然的，毫无疑义的。我们务必不要松懈自己的警惕性。农村就是阶级斗争的战场，在这个战场上，我们就是要和天斗，和地斗，和阶级敌人斗，和自己头脑中的私字斗，永远斗私批修，改观换貌，永远要念念不忘阶级斗争，念念不忘阶级专政，念念不忘突出政治，念念不忘高举毛泽东思想伟大红旗。

活着就要拼命干，一生献给毛主席

1970 年春天，我队贫下中农遵照毛主席"备战、备荒、为人民"和"农业学大寨"的指示，决心在南岗办一个电灌点，让水上高山，改旱田为水田，多打粮，支援中国革命和世界革命。当时，一项艰巨的工程就是挖水渠。北方的四月，土地表面虽然化了，但是挖下一锹便是冻土，于是抡起镐头刨，地下水溢了上来，溅了一身的泥和水，浑身上下像个泥猴似的。收工回来，累得腰酸胳膊疼，什么也不想干了，心想："明天和队长说说，换个活吧。"可是，再一想起白天干活时，贫下中农们那种一不怕苦二不怕死的精神，想起他们个个汗流满面，但是没有一个人喊苦喊累，仍然坚持地干。我身上少的不正是这种一不怕苦二不怕死的精神吗？贫下中农的高大形象教育了我，珍宝岛的英雄们"生命不息，冲锋不止"的精神鼓舞了我，我默默下定决心，不怕牺牲一直坚持到胜利。现在，当我走在平坦的土堤上，看着两条黄色的土堤像带子般地伸向树林的远处，我似乎听到了电动机的轰鸣，看到了钢管在向外喷射着雪白的水浪，渠水欢跳着，唱着歌儿流到了田里；看到了一片片碧绿的稻苗，在灿烂阳光的照耀下，饱吮着河水，茁壮地成长；看到了一片广阔无垠的稻田，金黄色的稻穗低着头，微风吹来，犹如大海的微波；看到了一包包的大米运往了祖国各地，运往亚非拉，我的心头充满了胜利的喜悦。

11 月初，北方的天气已经很冷了，我们在南岗和泥巴，站在一旁和，和的不匀。老队长杨殿海裤腿一挽，带头跳进了冰冷的泥水中，我们也跟着跳了进去。天冷，我们心热，风寒，我们志坚。这样，两天完成的任务，我们一天就完成了。今年 3 月，队里派我和另外两个社员去榨油。临行前，一些好心的社员对我说，榨油这活儿，真不是个活儿，又累又热，你别去了。我想起毛主席"艰苦的工作就像担子，摆在我们面前，看我们敢不敢承担"。既然这个活儿累，那么我就更应该去，来锻炼自己"一不怕苦，二不怕死"的思想。我们和一队一共去了 5 个人。榨油这活儿确实是又累又热，油坊里热得很，干活只能穿一条短裤，经常是汗流浃背。每天从早上四点多钟，一直干到晚上十点多钟，夜里还要炕豆坯子，每人还要值班，每天只有两三个小时的睡眠，我一直坚持干到底。油坊的师傅和同去的社员都说："小马真是个好样的。"七天来，虽然我人瘦了，眼眶陷了下来，然而，思想上的收获却是难得的，这是精神变物质的结果。

通过这几件事，使我深深地体会到，战无不胜的毛泽东思想是威力无比的精神原子弹，贫下中农是我们的最好老师，我只有在三大革命运动中，以战无不胜的毛泽东思想为指导，虚心地接受他们的再教育，老老实实地当他们的小学生，在改造客观世界的同时，改造自己的主观世界，把自己培养成为无产阶级革命的可靠接班人。

防"骄"破"满"，继续革命永向前

今年年初，我队会计因工作需要调走了，贫下中农信任我，让我接任。我想，我一定不辜负贫下中农的希望，掌好财权。三个多月来的事实告诉我，当干部的一步，是一个新的起点，如果在这个起点上，失去了方向就有可能向资产阶级的道路上走，放松了思想改造，就会走下坡路，脱离广大人民群众。

一天，我穿戴得整整齐齐，从头上到脚下，崭新的一身，拿着算盘来到生产队文化室去算账。老贫农李国春看到我，风趣地说："嗬，马会计来上任了。"这一句普通的笑话，使我窘了个大红脸，引起了我的

深思。我想起这些天来，自己待在屋子里的时候多了，参加劳动的机会少了，认为自己干的差不多了。表现在劳动上，一次刨粪，我穿着翻毛皮鞋，生怕溅上水，弄脏了鞋，一边刨、一边看，一有土就跺跺脚。为什么变得这么快呢？回来后，我翻开了毛主席著作，毛主席说："唯物辩证法认为外因是变化的条件，内因是变化的根据，外因通过内因而起作用。"我想，当会计算账固然不能参加劳动，但这只是变化的条件，是外因，根本的还是我头脑中的"骄"字在作怪，认为差不多了，就放松了思想改造。当干部固然是好了，可以更好地为贫下中农服务，但是"在一定的条件下，坏的东西可以引出好的结果，好的东西也可以引出坏的结果"。如果以为当上了干部思想改造就差不多了，那么，就会舒舒服服地在不知不觉中演变过去，变成修正主义的寄生虫，脱离群众的老爷，最后为人民所抛弃。于是，我狠反了"骄"字，大破了"满"字，把当干部的第一步，当做自己思想革命新开端。

前几天，队里的一匹马死了，分马肉的那天，队长去公社开会，让我在家分马肉。中午，剥完了皮，一部分社员都各自挑好的，捆成了串，一共捆了十几串。吃完饭，我回来一看这种情形，若这么分，只十几家分得到，另外那十几家就分不到，我只好说："先不分了，等队长回来吧！"然后，我称了一下，一共 180 多斤肉。按全队人口每人一斤是绰绰有余的。但是我想，还是等队长回来了好说话，结果，马肉一直等到晚上才分掉。在这件事上，我又一次地暴露了私字，第二天，老贫农寇大爷批评了我，说："当时你就可以决定分，怎么偏得等队长回来呢？会计是生产队的大当家，这件事说明你头脑中还是私字在作怪。"是啊，"世界观的转变是一个根本的转变"，问题的关键还在于我的思想改造不彻底，"私"字在自己头脑中还是顽固的。只有永远坚持不断地斗私批修，在改造世界观上狠下工夫，才能让无产阶级思想牢牢地扎根在自己的头脑中。

事实说明，改造思想不是跑百米，不能一劳永逸。而是要在长期的、艰苦的革命实践中，反复磨炼、斗争。只有时时、处处、事事都用毛泽东思想对照检查自己，按毛泽东思想办事，永远斗私批修，才能在继续革命的大道上阔步飞奔。

两年多来，自己沿着毛主席指引的光辉"五七"道路迈出了可喜的一步，然而，"这只是万里长征走完了第一步"。和同志们比起来，和许许多多英雄人物比起来，还相差很远很远。但我有决心更加努力活学活用毛主席著作，经常斗私批修，大找差距，以贫下中农为老师，狠斗私心杂念，尤其要加强对于毛主席哲学著作的学习，提高继续革命的觉悟，在改造世界观上狠下工夫，永远紧跟伟大领袖毛主席，为彻底埋葬帝修反，实现世界一片红贡献自己的力量。

时代的列车，正沿着毛泽东思想的轨道疾驰飞奔。历史的巨轮，正沿着伟大领袖毛主席开辟的航向乘风破浪，勇往直前。时代在发展，革命在继续，人民在前进。让我们高举毛泽东思想伟大红旗，在继续革命的征途上，永远围绕红太阳转。

新安大队石河屯第三生产队革命委员会第一次会议记录

时间：1971 年 5 月 23 日晚

地点：生产队文化室

主持：钟万有（生产队政治队长，时年 36 岁）

参加：寇吉（生产队长，时年 29 岁）、杨殿海（生产队长，时年 57 岁）、付广金（生产组长，时年 50 岁出头）、张树林（生产组长，时年 24 岁）、马德伦（生产队会计、插队知青）、邢仁（新安大队大队长，时年 30 多岁），赵祥、周俊良（县、市到新安大队插队落户的"五七"战士，驻石河屯工作组）。

钟：根据上边精神，会议内容有三个：一个是分工，一个是政治学习和运动安排，一个是近期的生产。

赵：石河三队革委会，经过"一打三反"运动，重新巩固起来了。社员也表示了在革委会领导下，抓革命，促生产。钟万有是抓政治工作了，生产谁管，财经谁抓，根据每个人情况，提一下个人看法：生产问题，寇去抓一线，因为寇吉年轻，雷厉风行，朝气蓬勃，对劳动安排也很好。杨队长抓二线，是根据年龄以及健康方面的原因。

周：同意赵祥同志的意见。安排是从全局、长远来考虑的。

邢：话没说完，还要进一步安排。

寇：我的意见，从（钟万有）抓政治这方面，是没问题了。但我对农业不内行，恐怕带来损失，对不起大家。（我）家里面还有一定的牵扯。领着干问题不大，但是恐怕计划、安排不周到。所以，生产安排杨队长抓会适合一些。必须团结一致，吸取历史的教训。

邢：说的不一定对。明确分工，密切结合。下去一把抓，回来再分家。关于老寇和杨队长，二人都应抓（生产），一视同仁，共同抓好。

杨：大家一起抓。同意邢仁意见。

钟：不明确分工，常常耽误事儿，所以必须有一个统一的分工。今天什么活，怎么干，一个人统一分配好一些。我认为必须寇吉抓一线，比较有利。杨队长因为年龄（大了），所以当后盾。革委会成员都应随时抓革命，促生产，自觉来抓。以阶级斗争为纲，随时来抓，随时发现错误，及时制止。

杨：过去的教训应吸取。组长有时不分配活儿，别人分了，他还有意见。今后，政治建队应利用，抓班子，不抓摊子。

付：说一点儿。石河三队班子又坚强、巩固了。应该像毛主席教导的那样，为了一个共同的革命目标。（我）个人在思想觉悟、认识上提高了一大截，（我进入班子），是上级的委托，贫下中农的信任，大家应挑起担子。

1. 应经常开班子会，开展批评与自我批评。

2. 抓阶级斗争，掌握每个社员的思想动态，劳动干劲。要突出政治，必须抓人头。

3. 领导班子晚上应碰碰头，研究一下具体的工作和情况，以利于明天的工作。彻底去掉不良作风，保持优良作风。

邢：提三条意见。

1. 安排一下学习、运动情况。时间上安排好，运动在继续。怎样学习毛主席哲学著作，落实在行动上。

2. 生产应分阶段安排，这一段农活的安排，劳力的分工，使每个人都明确，做好准备工作。

3. 生活详细安排。粮食问题，谁真正缺，谁不缺，摸清底。

周：分工的问题结束。关于学习、运动问题，提一下看法。

1. 关于学习，集体每天早晨天天读，从 4:30~5:00。

2. 出勤、劳动休息时，或者搞运动，或者学习，根据运动情况，做一个短安排。

3. 中午休息时间不应过长，11 点半休息，下午 1 点上工。晚上收工时间，以看不见算。

4. 突出政治，作为评工分的第一条。

钟：根据这一段学习、运动安排，早晨的时间有点问题。农活季节性强，每天干活时间长，所以恐怕休息不好，影响生产。田间休息，就要集中学习，搞运动啊或者读毛著等，不能搞小动作。少数人休息时不参加学习，评工分时就要作为一条。早晨时间确实有困难，恐怕保证不了。

邢：同意老钟意见。

张：同意老钟意见，插秧确实太累。

蔻：当前这一段怎么办，一、三、五仍然坚持学。生产大队狠抓阶级斗争，狠反无政府主义，一事一议开展大批判。休息时应坚持天天学，针对思想问题实际学。后天就要插秧，怎么插，能保证质量，提高速度，加快进度？当前压力不小，要发动后勤（指妇女），能出动一个出动一个。时间要抓紧，苦干，猛干。

邢：主要把这几天的活儿安排下去。后天插秧、耙地，其他的暂停。然后再想一下怎么干。

杨：先插甸子地，质量必须保证。

付：不管谁插，应牺牲 2 个劳力，专管量每个人每天插多少地，既要量进度，也要查质量、株数、密度，然后（以此）评工分。

寇：抓数量，质量是关键。

周：（这样评工分）既符合按劳取酬，又不实行包工。

杨：耙地就由谷林、王太有、李国春负责，李玉、于井成、王振德参加。

钟：看水很重要。根据付广金家确实有困难，我考虑付广金暂时先看水，（付广金）能兢兢业业为人民服务。

付：我的意见还是我看去年那几块地的水，让李国秋看南岗地的水。

后记：我于 1968 年初冬到石河三队插队，当时石河三队有 29 户人家，173 口人，土地 30 垧（一垧 15 亩），牛 14 头，马 7 匹，马车 2 挂。杨殿海一直是生产队长，无政治队长。1970 年冬开始了"一打三反"

运动。到 1971 年春天，石河三队建立了新的革命委员会，我作为生产队会计，也是革委会成员之一。这次会上负责记录，并保存到今天，再读就非常有意思。从中可以看到当年极左思潮在一个小小生产队的影响，革委会成员之间的矛盾，"五七"战士对农活安排的生疏等。不管怎样，农民是要生存的，到了干活节骨眼儿的时候，他们就实际多了。

在烈士陵园里

组诗三首

一、纪念碑

像威武不屈的战士，呐喊着冲锋，
像刺破青天的利剑，让叛徒胆战心惊。
你，烈士陵园的纪念碑啊，
巍然耸立，浩气贯长虹！

人们怀着景仰，带着崇敬，
站在你的面前，思绪奔腾，
似听见云天里国际歌声的回荡，
似看见血泊里先烈的不屈斗争。

离开这里，更觉得力量倍增，
不畏艰难，攀登新的高峰。
那高耸心头的烈士纪念碑，
每时每刻，都在下着无声的命令。

二、春风、春雨

春风轻轻地摇动着松林，
松林发出了阵阵的低吟，
像是歌唱烈士的功绩，
伴随着我们无声的心音。

春雨默默地滋润着大地，
大地饱吮着清甜的甘霖。
仿佛想起了英雄的壮烈，
天也不禁泪雨纷纷。

啊，春风催绿，春雨铺锦，
春天的花朵开得多么芬芳。
看四个现代化的蓝图正在实现，
英雄的先烈，你们请放心。

三、墓碑

一座座墓碑，一株株松柏，

松柏和墓碑一样夺目显赫。
墓碑上有烈士不朽的名字，
松柏象征着烈士的品格。

树干笔直，那是烈士钢铁的骨骼，
松枝苍翠，那是烈士不褪的本色。
碑石青青，每一块都是一首壮丽的诗篇，
碑文灼灼，每一字都是一团燃烧的烈火。

虽然是一块普通的花岗岩，
墓碑呀，永远在我的心头铭刻。
虽然没有瑰丽的花朵，
松柏呀，永远扎根在我的心窝。

板报会师在工厂门前

板报会师在工厂门前，
图文并茂，色彩斑斓。
有的来自繁忙的科室，
有的来自沸腾的车间。

这里有生产大会战的硝烟，
这里有革命大批判的发言，
一点一滴，闪烁着工人阶级的高尚，
一字一句，都是投向帝修反的炮弹。

版面上，飘扬的红旗分外耀眼，
图案里，盛开的山花异常鲜艳。

欢歌笑语在这儿飘扬，
喜讯捷报从这儿飞传。

多少人在这儿聚拢观看，
喜悦的浓汁滋润心田。
汲取了力量，得到了鼓舞，
意气风发，又奔向会战的前沿。

听，天车隆隆，汽笛声声，马达高唱，
看，炉火熊熊，热潮滚滚，电极如山。
呵，歌声飞扬，送走了战斗的岁月，
呵，战鼓催春，迎来了新的一年。

透过这一幅幅绚丽多彩的图画，
我看到了祖国无比宽广的河山。
七亿双巨手正执着彩笔，
描绘着祖国美好的明天。

工厂门前的光荣榜

像黎明时天边瑰丽的彩云，
像夏夜里银河闪烁的星群，
你，工厂门前的光荣榜啊，
吸引了多少过往的工人。

"看，劳动模范王川、赵喜、孙长林"，
"看，先进工作者李江、孟洁、王淑芬"，
一连串的名字虽是这样陌生，
总好像在哪儿见过，令我记忆犹新。

是在煅烧、焙烧、石墨化炉前，
他们正在大干，热汗淋淋。

那熊熊的炉火，炽热的烈焰，
不正是他们火红的青春？

是在机床前、电控室、煤气站，
他们忘我奋战，抖擞精神。
那隆隆的机声，马达的轰鸣，
不正是他们奏响的琴音？

是在厂医院、研究室、办公楼，
他们为生产服务，满腔热忱。
那如山的电极，跃进的记录，
不也融进了他们的辛勤？

是的，是他们！名字虽然陌生，
一个个人物又十分亲近，
每天和我们一起战斗在第一线，
又一起在批林批孔的战场上进军。

他们之中，有的已经两鬓染霜，
饱尝了旧社会的苦难艰辛；
有的刚刚迈入工人阶级队伍，
带着贫下中农的质朴，革命战士的坚贞。

是来自五湖四海的阶级兄弟啊，
都有一颗热烈赤诚的心。
是为了一个共同的革命目标啊，
推动历史车轮，向共产主义飞奔。

禾苗成长靠阳光雨露的滋润，
毛主席著作是催春促绿的甘霖。
光荣榜是继续革命的新起点，
向着时代的高峰，大步登临。

光荣榜上，奔涌着大干快上的热潮，
热潮中更传来凯歌阵阵、捷报纷纷。
大庆红旗辉映着阳光灿烂，
千军万马踏着铁人的脚印前进。

在光荣榜前，我久久注视，默默思忖，
那大红的榜面，忽然大得无边无尽，
是九百六十万平方公里的一张大榜，
上面写着："英雄的中国人民！"

献给党[*]

一

献给党，

　不是

　　用

华丽的

　　词句，

而是

　　用

＊ 1979 年 6 月，时吉林财贸学院"七一"征文。当时，正对张志新烈士事迹作大量报道，我在 6 月 24 日完成了这首诗。尽管现在离写这首诗又过去了三十多年，然而我在诗中的思考和呼喊，现在仍响在耳边。

人民的
　心声！

当
　第一次
　　宣告党诞生的
　会议，
　在南湖
　　召开，
　革命，
　　才
　　开始了
　　新的征程；

当
　第一声
　宣告党诞生的
　　春雷
　在长空
　　滚动，
　中国，
　才
　现出了

金色的黎明。
党
　是
　　阳光，
　铺满长空，
呵，
　长空
　霞光万顷。
党
　是
　　东风，
　吹遍大地，
呵，
　大地
　　欣欣向荣。
党
　是
　　春雨，
　浇灌神州，
呵，
　神州
　　万紫千红。
党

是

　　旗帜，

　　　引导我们，

呵，

　　我们

　　　无往不胜。

呵，

　　亲爱的党！

　　时代的史册，

　　　记载着

　　　　您的伟绩，

　　历史的丰碑，

　　　刻下了

　　　　您的丰功。

二

　　献给党，

　　　不是

　　　　用

　　艳丽的

　　　花朵，

　　而是

　　　用

　　长鸣的
　　　　警钟！
五十八年的
　　　　　道路
　　　　　　　如此
　　　　坎坷不平，
五十八年的
　　　　　征程
　　　　　　并非
　　　　风平浪静。
回顾昨天，
　　　过去的
　　　　　　一切
　　　在胸中
　　　　　　翻腾；
追溯往昔，
　　一连串的
　　　　问号
　　发人
　　　　深省：

"为什么
　　几个小丑

几乎把

党的事业

断送?"

"为什么

身为党员

却在

损害

党的名声?"

"怎样

才能

维护

党的纯洁?"

"如何

永远

保持

党旗鲜红?"

看到

党的形象

被

破坏,

人民心痛；
看到
　党取得了
　　　胜利，
　人民
　　　高兴！
　人民
　　　和
　　　　党
　心连心呵，
　　　息息相通！
人民
　　和
　　　党
　　同命运呵，
　　　　患难与共！
人民
　　希望
　　　党旗
　　　　没有
　　一丝污点，
人民
　　希望

党的肌体
　　没有
一处溃痈。

面对
　胜利
　　要记牢
　　　路远任重；
成绩辉煌
　　更警惕
　　　陷入泥坑。

历史
　　并不是
　　　过眼云烟，
而是
　　一面
　　　高悬的
　　　　明镜。

吸取教训的
　　　就能
　　　脚步不停；
脱离人民的
　　　必然
　　　绝无成功。

呵，
　亲爱的
　　　党，
　人民的
　　　希望
　　是
　　　灭菌剂，
　　　能防止
　　　　细菌繁生；
　人民的
　　　重托
　是
　　　核电站
　　　　会供应
　　　无尽的动能。

　　三

　献给党，
　　不是
　　　用
　　美丽的
　　　　诗行，
　　而是

用
战士的
忠诚。
过多的
赞歌
也许会
使人
固步自封；
斑烂的
色彩
或者能
令人
双眼朦胧。

真正
热爱党
就
不能
光用语言，
重要的
是
行动！
真正

保卫党
　　就
　　不仅
　　在关键时刻，
难做到的
　　是日常的
　　　每一分钟。

是
　党的战士，
　就要时刻
　　　牢记
　党的使命；
是
　党的儿女
　　就要
　　自觉维护
　　党的光荣。
面对
　党旗
　每一个
　　　党员
　都应该

扪心自问：

　　我

　　　　怎样做

　　才堪称

　　　　模范先锋；

夜阑人静，

　　每一个人

　　都应该

　　　　深深思考：

　　路

　　　　怎样走，

　　　　才不会

　　　　追悔无穷；

身居高位，

　　　　每一个干部

　　都应该

　　　　认真检查，

　　是否是

　　　　社会公仆

　　能否当

　　　　普通一兵。

面对英雄

　　每一个战士

都应该

作出回答，

怎样继承

党的优良传统。

呵，

烈士的鲜血

已经将

答案作出；

英雄的光辉

已经把

道路指明。

如果

时时刻刻

以人民的利益

为重，

再凶恶的敌人，

也能战胜；

如果

日日夜夜

牢记

党的崇高目标，

再险峻的关隘，

　　　　也能踏平。
如果
　　我们都像
　　张志新烈士那样,
　　立党为公,
党呵,
　　怕什么
　　鬼蜮横行?!
如果
　　我们都像
　　张志新烈士那样
　　无畏忠诚,
党呵,
　　怕什么
　　恶浪险风?!

呵,
　　亲爱的党!
　　祝贺你诞辰的捷报
　　　　千张,
　　　　万张,
　　还有什么
　　　　更能表达

儿女的心情！
献给你生日的礼物
千件，
万件，
还有什么
比战士的坚贞，
更为贵重！

四

献给党，
用
我们的
智慧
和
热情，
用
我们的
青春
和
生命。
因为
我们坚信，
清除了

垃圾和渣滓，
党的力量
能
千倍
万倍地
猛增！
扎根在
人民的沃土里，
党的生命
如
苍松
翠柏般
长青。
因为
我们知道，
在
新长征的路上，
党旗
一直骄傲地
飘扬在
我们头顶；
在
进军的队伍里，

党旗
　　时刻在前面
　　指引我们
　　　　冲锋。

党旗
　　飘扬的
　　　　地方
　　就有·
　　　飞传的
　　　　　捷报；

党旗
　　指向的
　　　　远方
　　就有
　　　灿烂的
　　　　　前景。

跟着党，
　　大步
　　　飞奔吧！

胜利
　　属于
　我们
　　伟大的党！

属于
　集合在
　　党旗下的
　　人民的阵容!

三言两语·小片断

在"工业企业经济活动分析"课堂上

课前的思索

一切都是瞬息，
一切都会过去。
而那过去了的
就会变成亲切的怀念。

　　　　　　　1981 年 8 月 31 日
除了仁慈以外，我不承认还有什么优越的标记。

　　　　　　　1981 年 9 月 4 日
感情被压抑是不可能的，人总是要通过各种方式来表达他的内心世界，或全部，或部分，或直接，或间接，或以语言，或以行动，或以文字，或以脸色。

1981 年 9 月 9 日

理智应当时刻保持清醒，稍有放松，就会铸成大错。

1981 年 9 月 16 日

思想有时候也很安详，像是一个熟睡的孩子。当我精力充沛时，我感觉我是一架新的质量又好、刚刚投入生产的机器，运转得很好，甚至马达的叫声，也欢快悦耳。

1981 年 9 月 18 日

课间，打一会儿排球。打得顺手时，心中十分坦然、欢乐。那时，我的心中没有一切杂念、私欲。世界上仿佛只有头上的秋天的湛蓝色的透明的天空，和煦的秋天的阳光，温柔的初秋的风丝。我忘记了一切，心中的迷蒙消失了，剩下的是透明的感情，那就是——无忧无虑——快乐。

1981 年 9 月 21 日

人的才智总是要表现的。既然获得了才能就不可能不表现它。这像我们有了一架录音机，不去使用它，把它锁在柜子里的深处，不让人知道，这也是不可能的。"藏才不露"，那么，谁会知道你有"才"呢？你的才智究竟怎样？不露，人们是无法承认，无法评价的。

然而，才能一显露，就会招致妒忌——而后是口舌的攻击。这无疑是有才智者的最大不幸了。

当然，根源不在于有才能，而在于无才。

1981 年 9 月 23 日

世人生活在世上，被世俗的罗网所包围。这是谁也冲不破的。出家修行者，世外桃源的居住者，他们也未脱离世俗。不然，何以寺庙又有奸邪事，那些世外桃源者的诗文的愤懑与抑郁，怀才不遇的感叹，不就是足以说明吗？

1981 年 9 月 25 日

爱情应该时时更新、发展、创造，唯有如此，才可以永生。

《年轻人》将同你一道，探索人生的路，播种青春的爱，展开智慧的翼，掀起理想的帆。

1981 年 9 月 28 日

真、善、美包括在人性中。没有人性，就没有真、善、美。没有真、善、美，就等于没有人性，就等于失去了人的意义。

1981 年 10 月 9 日

冬天，阳光是娇柔的、可爱的，夏日，阳光是猛烈的、炙人的。人，因其自身的需要而可以对同一事物产生不同的感情来。

1981 年 10 月 14 日

女人的脸蛋就像是价格标签。但是，价值与价格常有背离，并不等同。

1981 年 10 月 21 日

人的知识愈广，人的自身愈臻完善。

1981 年 10 月 23 日

公平、合理、平等等语言一经产生，就是和它们的对立面一起并存的（它们是和它们的反面对立的，产生的，并存的）。追求公平、合理，希冀平等、自由，正是由于不公平、不平等、不自由而产生了追求的推动力。

1981 年 10 月 26 日

在"BASIC 程序设计语言及其应用"课堂上

课前的思索

秋天，该是收获的季节；灾害，却发生在收获之前。

1981 年 9 月 15 日

别离，才使友情显得更为珍贵。

1981 年 9 月 22 日

小草在秋风中抖擞，树叶在秋风中飘落，花儿在秋风中凋零。秋，既然送给了人们金色的果实，又为何带给人们一片杀机？哦，生之后是死，幸福的对面是痛苦，就如秋之后是严冬。循环——自然界永恒的规律。

1981 年 9 月 26 日

希望，是生活中的精神支柱，人生不能没有希望。这希望各有不同，或大或小，或精神或物质。但无论哪种，都是一种精神寄托，企盼在以后的生活中实现它。

希望虽多，实现的却少；希望不断破灭，又不断产生。

1981 年 9 月 29 日

不要好为人师，不要与人争论。尤其是在学习上，当你正确而别人错了又与你争论时，要屏声敛气，使自己冷静。

1981 年 10 月 6 日

还没有入冬，雪，由于空气突然变冷，而轻轻地落下，又化成了水。

白雪是冬天朴素的打扮。那么，严寒呢；是冬天的威严吗？不正是由朴素所表现的吗？

1981 年 10 月 9 日

没有幻想，就没有创造；没有希望，就没有力量。失去了这些，生活就是一潭无源的死水，生命不会闪光，人生也不新鲜。

1981 年 10 月 13 日

新的一天，但又是旧的一天，因为今天的一切，都在昨天、前天以及过去的若干天内演过了。从早上睁开眼睛起床到晚上上床，以致梦中，一切都是重复，就像钟摆单调的永不停止的摆动。

1981 年 10 月 15 日

给儿子的留言条

小马：有草有料，自己喂食。

× 月 × 日

门窗紧闭，安全无虞，放心睡觉。

× 月 × 日

平安夜，芭蕾舞，君去否？（TWO PIECES）

× 月 × 日

冰箱里的西瓜凉又甜，切了，就不再大又圆。

× 月 × 日

西瓜在冰箱，可能有点凉，拿出来放放，再吃胃不伤。

× 月 × 日

（我们习惯于在外出时，给儿子留言，在他回来的时候，看到这些纸条，会感到家的亲切，父母的关爱。）

儿子的幽默

一、邻居们要搬家了

我喜欢唱歌，周末，常常在厨房里一边做饭，一边放声高歌。厨房的窗户对着走廊，歌声也就传得很远。

正上中学的儿子从外边回来，来到厨房，对正唱在兴头上的我说："爸，听说邻居们要搬家了。"我诧异，问："是吗？没听说呀。为什么？"儿子说："因为你唱的太好听，他们不好意思住下去了。"

二、几个人参赛

儿子的表哥从南京来，对儿子炫耀自己的体育好，参加南京市中学生运动会，800 米跑了第四名。儿子一直在听，末了他问表哥："几个人参加比赛？"

三、野味都是咸的吧？

春节时，妻子做的炖野鸡，烧野兔，盐放多了，两样菜都咸。儿子吃了后问我："爸爸，野味都是咸的吧？"

片断

一、韭菜花与辣椒末

那是我很小很小的时候。晚上,母亲正在厨房里做饭,炉灶红色的火光,厨房里氤氲的热气,母亲忙碌的身影,如梦境一般,但很清楚地藏在我记忆的深处。

母亲给了我五分钱和一个碗,去买3分钱的韭菜花和2分钱的辣椒末。我很兴奋,就像接受了一项重要任务一样。我一路走着,不停地默念"3分钱韭菜花,2分钱辣椒末"。但当我来到小副食店,把碗递过去的时候,对于究竟是"3分钱的韭菜花,还是3分钱的辣椒末",我搞不清了,于是,又一路小跑地回到家里问母亲。母亲笑了,告诉我"都可以"。

二、选举车间工会主任

那是1975年夏。车间召开全体职工大会,选举车间工会主任,原来的工会主任作为候选人,名字赫然写在黑板上。选票发了下来,是一张白纸让我们自己

填写（那时的条件差，不像现在这样印好选票，画
"✓"画"×"就行了）。我在选票上大写了个"我"
字，就交了上去。原车间工会主任恰恰是唱票的，拿
到我的这张选票，他说："我。"计票人就在他的名字
下画了一横；他看了一下黑板，又提高了声音说：
"我。"计票人也烦了，指着那一横说："这不是你
吗?"这时，这位主任气急大声说："谁开玩笑? 他
妈的!"

三、游泳裤

大学的游泳课，某同学来自农村，向另外一个同
学借了一条游泳裤，就下水扑腾起来。待到他一上岸，
我们站在岸上的都乐了。原来他是第一次穿游泳裤，
把裤腿当裤腰穿了。这么一搞，上岸时，屁股后面就
如同带了一个兜，兜了一汪水，鼓鼓的。

四、大学的最后一次考试

1982 年 4 月 29 日上午，"工业企业经济活动分
析"是大学的最后一门课程。1982 年 4 月 29 日上午 8
时 30 分，举行结业考试，我坐在教室的最后一排，考
试分 A、B 卷，我是 B 卷。试卷依次由前向后传，但
当传到我前面一排，就没有了。教室里从一阵阵窸窸
索索的翻纸声中突然静了下来，就听见"沙沙……"

的写字声。我不慌不忙地等了一会儿,高高地举起了右手。监考的常文博老师就在窗前,看到了我高举的右手,问:"马德伦,什么事儿?"我站了起来,大声说:"报告老师,本考生没有考卷。"同学们"哄"地一声都乐了。

这次考试,我差 5 分满分。

五、这儿有李德伦吗

1986 年,我在总行办公厅当秘书。

那时打长途电话,要先拨"113",拨通后,告诉总话服务员,要找的城市,单位,电话,我们的单位,电话,账号,然后等总话服务员和对方联系好后,再打电话给我们。

我有事要联系分行,接通"113"后,就等回话。一会儿,值班室电话铃响了。我拿起电话,只听总话员问:"863548 吗?请找李德伦,他要的长途。"我说:"对不起,这儿没有李德伦,只有马德伦。"总话员乐了,说:"就找你。"

六、一个笼子里的狼和羊

80 年代,总行办公用房非常紧张,我当秘书,和行长一个办公室。

一天，我送文件到金融管理司。金管司的张志平问我："你当秘书和行长一个办公室，什么感觉?"我说："你想想，把羊和狼放在一个笼子里，那羊是什么感觉?"金管司的人都乐了。

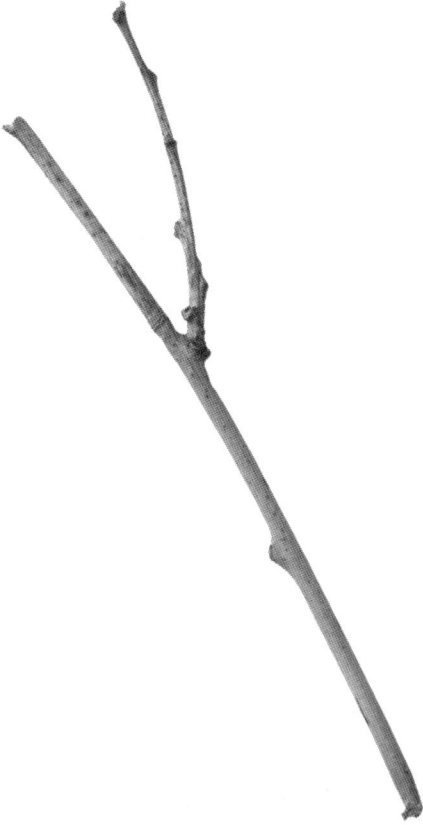

卜算子 [*]

感秋

秋阳亦迷离，
梧桐影深深。
纵是繁花绵绣红，
难掩寂寞心。
天高云轻絮，
山远静入魂。
万里风尘喧嚣世，
几人得脱身？

---

* 本诗写于 2006 年 8 月 31 日。上海总部办公室。